U0681038

读客文化

借命而生

石一枫 著

河南文艺出版社
·郑州·

图书在版编目（CIP）数据

借命而生 / 石一枫著 . — 郑州 : 河南文艺出版社,
2023.5（2024.7 重印）

ISBN 978-7-5559-1520-1

Ⅰ . ①借… Ⅱ . ①石… Ⅲ . ①长篇小说 – 中国 – 当代

Ⅳ . ① I247.5

中国国家版本馆 CIP 数据核字 (2023) 第 052769 号

借命而生

著　　者	石一枫
责任编辑	张　阳
责任校对	李亚楠
特约编辑	李晓宇　　陆雨晴
策　　划	读客文化
版　　权	读客文化
封面设计	刘小梅
出版发行	河南文艺出版社
印　　刷	三河市龙大印装有限公司
开　　本	890mm × 1270mm 1/32
印　　张	7.25
字　　数	159 千
版　　次	2023 年 5 月第 1 版　2024 年 7 月第 2 次印刷
定　　价	49.90 元

如有印刷、装订质量问题，请致电 010-87681002（免费更换，邮寄到付）

版权所有，侵权必究

他们都是扑在尘土里也身上带光的人——

1

俩犯人被押送到看守所时，警察杜湘东正为调动的事儿憋闷着。

他是1985年警校毕业以后，直接分配到所里的，至今工作已满三年。当初上面找他谈话，说有个郊县刚成立了第二看守所，眼下很缺人，尤其缺大学生，你过去算了。杜湘东有点儿抵触，他说："我是刑侦专业的，不让我到街上抓人，倒让我在号子里看人，这不是本末倒置吗？"他本想说大材小用，后来一想，这么说太狂妄了，所以话到嘴边就换了词儿。有情绪自然要做工作，上面就用螺丝钉、时传祥等套话来磨他。一来二去，杜湘东的耳根子就被磨软了，脑子也被磨乱了。正在这时，上面又抛出一个条件：你是异地生，按理该回湖南原籍，如果答应去看守所，就可以留京，考虑考虑吧。

考虑考虑，杜湘东就答应了。但再考虑考虑，他又觉得组织上不太地道。所谓异地生留京一说，他有不少同学都是这个情况，但为什么有人能留在分局甚至市局的机关里，偏他要去郊县的看守所？比如跟他同宿舍的徐胖子，体能考核永远不达标，案例分析只要有女受害者都答成"情杀"，结果怎么样，人尽其才地分配到治安科管扫黄去了。还不是因为人家有关系，他舅舅是学校新调来的政治部主任。再说那时的北京，出了永定门就是一片仓库，再往南走恨不得全是菜地，杜湘东所在的看守所更是建在了菜地边缘的山底下——这种地方算"北京"吗？如果算，干吗周围的老乡管进城不叫进城，而是要说"上北京"？就算落了个北京编制，杜湘东却感觉自己是被发配出京了。

但他这人又和别人不同。别人是有了情绪就工作懈怠，他是越有情绪越玩儿命工作。都受情绪影响，但影响的方向是反着的。在所里待了半年，他值了几十个通宵夜班，连过年也把探亲的机会让给科里的缺牙老吴了。监舍里有人自杀，吞进了七个鸡蛋大的象棋子，是被他掐着脖子愣从嘴里抠出来的，犯人临了还狠狠咬了他一口，差点儿把他的小指头咬掉了。所里给他开表彰会，他的脸上还是冷冷的。让他发言，只有一句话："都是职责之内。"倒把所长晾了个大红脸。

后来所长也找他谈话，开门见山："在咱们这儿不痛快？"

杜湘东说："没有。"

所长说："心里有事儿就说吧。除了关心犯人的思想，还得关心你的思想，我也够累的。"

杜湘东便也直说："我觉得我不该干这活儿。"进而又说，他当年考警校想的是立功，是破案，是风霜雪雨搏激流和少年壮志不言愁，从没想过要在阴森森的走廊里巡视犯人的吃喝拉撒。他还说，他知道光想着干大事儿是一种不切实际的浪漫，但要是这么稀里糊涂地被诳来，再稀里糊涂地把心里那点儿浪漫给打消了，他就觉得窝囊了。

之所以有话直说，是因为杜湘东认为所长能够理解他的情绪，或者说得虚点儿，就叫情怀吧。所长是从部队转下来的，在越南前线指挥过一个连，身体里至今留着两枚手榴弹弹片。记得刚来报到时，所长还仔细看了杜湘东的简历：各项考核成绩全队前三名，擒拿格斗在省级比赛里拿过名次……看完以后嘟囔了一声："哟，屈才了。"

如今面对他的抱怨，曾经的战斗英雄会做何感想？所长点了颗烟，三口抽完，然后开始转肩膀：右手小心而用力地按住左肩，左胳膊举高，牵引着那条膀子缓缓转动，正反各十下。一边转着，额头上就冒出汗来。这是例行功课，每天若干次，说是能防止弹片更加深入地嵌入骨头。这时屋里没声儿，所长专心地转，杜湘东专心地看。片刻，所长吁了口气，重新开口："可要刚来就走，别的单位怎么看你？会不会觉得你这人不踏实？"

又说："干满三年再说。"

说完挥手让杜湘东出去，不谈了。三年之约，这当然有可能是随口而出的托词，更有可能是想耗着杜湘东。不过从个人立场上，所长分明又是同情他的，甚至可以说是承认他受到了不公正待遇。人家有了这个态度，杜湘东便感到了欣慰，进而又不好意思起来。说到底，警察就是份职业，风光的刑警如此，乏味的管教也是如此，一个像样儿的人既然拿了工资，就该对这份职业尽心。心没尽到还说怪话，那就有点儿不像样儿了。

此后两年多，杜湘东没再提调动的事儿。慢慢地，他对看守所的生活也习惯了。单位小有单位小的好，起码人际关系简单，不必时刻哈着谁拍着谁，这就很对杜湘东的胃口。郊县也有郊县的好，食堂的菜肉都很新鲜。就连寂寞也有寂寞的好，看守所的阅览室订了几本文学杂志，上面的作家都爱在个人简介里声称自己是个"享受寂寞的人"。其间还真有个作家来所里体验生活，却怎么也看不出耐得住寂寞，一来就叫嚷着要到女队蹲点儿，去记录女犯人"灵与欲的碰撞"。在假寂寞面前，真寂寞倒成了一件有成就感的事儿。唯一让杜湘东仍感不痛快的，是有时回警校去参加同学聚会。那些分在重要岗位的同学都热衷于吹嘘最近又破了什么大案要案——这两年的案子的确多了，也变得光怪陆离了——什么在歌厅里贩毒的，冒充港商诈骗的，还有承包了个印刷厂，白天印党员学习材料晚上印裸体扑克的。光荣负伤的同学更会撩起衣服展示伤疤，还不忘对杜湘东告诫一句："哥们儿好不容易把人抓进来，你们可得看好了啊。"

心里一不痛快，聚会也懒得参加了。有时一想，留京以后别说没交上什么新朋友，就连老朋友都慢慢淡了，这实在有点儿悲哀。但再一想，什么日子不是过，如果总能这样，人简单着，嘴新鲜着，心寂寞着，那其实也挺好。

全书重新想起那十二年之约，是因为杜湘东要结婚了。这说来有点儿不可思议：一个生活在荒郊野外的单身汉，想结婚简直比动物园里的大熊猫配种都难。其实还是拜所长所赐。那两年什么地方都在搞创收，看守所的经费本来就紧张，于是也创。项目之一，就是替轻工业局下属的食品公司搞加工。所里组织犯人生产冰棍里面的那根棍儿，每个礼拜打包运到菜地另一端的冷库去。刚开始都是所长亲自带人去送，去了两趟，就指名让杜湘东代劳了，并且指名让他找一个叫刘芬芳的冷库管理员交接。所长还替俩人算了账：刘芬芳二十一，杜湘东二十五；刘芬芳一米六，杜湘东一米七五；刘芬芳虽然家在北京，工作也在城里，但她就是高中毕业，编制是工人，杜湘东虽然是外地人，常年驻守在郊县，但却是大学毕业，编制是干部……以己之长攻彼之短，以彼之长补己之短，怎么算怎么"登对"。

杜湘东被催着去了两趟，果然喜欢上了这个长了一双小说《丹凤眼》里的丹凤眼、留着电影《小街》里张瑜的发型，从侧面看比从正面看更有风情的冷库管理员。刘芬芳呢，想必也是喜欢他的。虽然她见到杜湘东的时候冷冷的，不爱说话，但要是有一个礼拜她从城里赶到冷库，而杜湘东恰好有事儿没去，再下个礼拜见面的时候，那种冷淡就会变得更冷，冷得简直像在赌气了。这些表现杜湘东刚开始不懂，还是所长和老吴帮他分析出来的。所长认为"这很说明问题"，老吴则进一步对问题给予了通俗易懂的说明："这妞儿动了春心呗。"

俩人就谈上了。而相处日久，杜湘东发现刘芬芳也与别人不同——这么说其实不客观，因为他从来没接触过别的姑娘。假如一定要说，那就是刘芬芳是一个忧愁的人，或者说，是一个愿意让自己显得忧愁的人。她说话之前习惯先轻叹一口气，她懂得尽量用有点儿像吉永小百合的侧脸而不用如同红苹果的正脸面对杜湘东。作为一名冷库管理员，她的业余爱好不是通过喝热豆腐脑来温暖内脏，而是通过读席慕蓉的诗和三毛的散文来温暖心灵。每当很"八十年代"地聊起人生与理想，她的第一反应常是抱怨，末了还会感叹一句"这就是生活的全部吗"，以使自己的抱怨抽象化、文学化。记得有年"五一"，杜湘东也豁出去了，进城去找刘芬芳，带她到红塔礼堂看了场内部放映的美国爱情电影，又到同学里那些干部子弟才敢去的"老莫"吃了顿西餐。

当这物质精神双丰收的一天接近尾声时，刘芬芳终于让他亲了亲自己洋溢着小豆冰棍味儿的侧脸，但刚亲完，又是一句抽象的抱怨："可惜明天又要和昨天一样。"

这一度给杜湘东带来了苦恼，然而苦恼之余，他却发觉离不开刘芬芳了。他尝试着自己进行分析：刘芬芳是让他感到累，但这种累是有劲的累，不累反而没劲了。再进一步分析，他所喜欢的，也许恰恰是刘芬芳对于生活的不满意。满意了不就俗了吗，傻了吗，没追求了吗。假如说杜湘东在这三年里学会了享受寂寞，那么刘芬芳的档次更高，人家享受的是忧愁。他觉得刘芬芳的情绪呼应着他的情绪，这是一种贴心的感觉。

俩贴心人就商量着结婚。那个年代结婚很简单，简单得都有点儿对不起自己：只要组织批准，父母点头，有张双人床就能睡到一块儿去。杜湘东还有三年的积蓄，他买得起一辆永久自行车、一台熊猫半导体收音机和一床大红缎子面儿铺盖。日本进口的松下电视只好慢慢攒了，再说有钱也弄不着票。不过房子可是现成的，这一点非常关键。建所的时候征收了农民的几亩地，盖了两栋筒子楼，每个管教都能分到一间宿舍。综合了一下条件，杜湘东觉得自己大概是够资格结婚的。可是商量着商量着，就商量出分歧来了。刘芬芳家住宣武区的大杂院儿，工作以前八口人挤在一个里外间，她睡厨房，脑袋顶着米缸；工作以后食品公司有宿舍，倒是不用顶米缸了，但是一间屋子住了八个女工，人口密度仍未降低。试想能从厨房和集体宿舍搬进筒子楼里的单间，婚后的生活质量可以说是大为提高的，但刘芬芳不这么想。她指出，郊县一间房，不如城里一张床。那时还没有房价的概念，刘芬芳所说的是精神生活：城外有什么呀？除了仓库就是菜地，地里蹿着农民和农民家的狗。有王府井外文书店吗？有"北影"内部放映厅吗？有大学交谊舞会吗？她罗列完这些，仿佛才想起自己既看不懂外文，也混不进内部电影院，更不是大学生，于是又补充："就是哪儿也不去，站在长安街上看看电报大楼的灯，心里也是舒服的。"

结论是：她不能从城里搬到郊县，更不能把工作也调换到这边的库房。杜湘东就提出了一个权宜之计："或者我们平常分头住，等到周末或者你下乡盘库的时候再过来？"

这个提议也遭到了否决。刘芬芳说："丈夫丈夫，一丈之内才是夫。不结婚则罢，只要结了婚，我就不要离开你。"进而又援举了几个刚和中国建交的资本主义国家外交官的事例：甭管多忙多重大的场合，大使和大使夫人寸步不离，走哪儿都挎着。

杜湘东就作了难："那你让我怎么办？"

刘芬芳却不说话了，让他去想。其实也很好想：他是男人，理应他去就和老婆；而他又是大学生，理应人往高处走。所长当初撮合他和刘芬芳，为的是让他安下心来干工作，结果倒是刘芬芳激发了他要走的心思。又从刘芬芳想到自己，杜湘东回忆着在警校取得的成绩，以及为了取得那些成绩而付出的努力，一股力量就在体内蓬勃了起来。这是年轻人特有的力量感，如果任由它随着时光稀薄下去，直至消逝，那是多么可惜啊。杜湘东甚至还想到了如今的时代。人人都说时代正在变换，因而人人都在迫不及待地变换自己。就像歌曲里已经唱着"跟着感觉走"并问出"你何时跟我走"了，这时杜湘东的走，就不是一个人的走了，而是某种宏大的、名正言顺的价值体现。

第二天上班，他正式向所长递交了调动报告。他在报告里表示，愿意到艰苦的岗位去，到危险的岗位去，最好是刑警，新成立的缉毒支队也行。他还提醒所长，当初不是说好了"干满三年再说"吗？现在期限已到，他的想法没变。

所长没看他，径自抽烟，转肩膀，然后在报告抬头上写了"待办"俩字。

一个礼拜后，所长把杜湘东叫到办公室，甩给他俩字："没批。"

"总得有个说法吧。"

"部里提倡新精神，每个基层单位都要有高学历人才，可扒拉扒拉咱们这儿，除了你没一个中专以上的。你要走了，所里不就不达标了吗？"

提倡重视人才，结果怎么却成了浪费人才？杜湘东心里反问。但他也只敢在心里反问，因为驳回申请的是上面，不是所长。而战斗英雄脾气暴，要是再纠缠下去，真会跟他戗戗起来。为了无法改变的事情跟对自己好的人翻脸，那太没意义了。

于是他没说话，转身就走。还没出门，所长又甩过来一句："要不再干三年吧。三年之后，有了新大学生你就走，或者空出正科的岗位你先上。"

人一憋闷就爱多想，在路上，杜湘东又开始揣摩所长的话。话分两截，上半截的意思是，三年之约过后还有一个三年之约，这次的约定能否兑现，取决于是否有个像杜湘东一样傻的大学生过来顶缺。可三年复三年，人生能有几个三年呢？而后半截的意思简直让他感到侮辱：难道他的调动申请被所长解读成要职位、要待遇了吗？如果所里的人都这么看，那可真枉费了杜湘东为这份职业所尽的这份心。这么想着，他的脸就铁青了，他的脖子却涨得通红。走出办公区前往监舍时，连有人叫他都没听见。

不巧又在办公室遇见了缺牙老吴。老吴是跟杜湘东搭伴的，原则上是一老带一新，实际却成了新的兜着老的。活儿都是杜湘东干，夜班也都是杜湘东值，老吴呢，不是平谷的妈生病就是延庆的丈母娘有事儿，病假事假轮着泡，好不容易在所里待儿天，还有多一半的时间在喝酒。用所长的话说，郊区农民的几大缺点，奸懒谗滑，这人算占全了。更让人受不了的是他那张嘴，爱说风凉话，还没眼力见儿，逮谁踹谁窝心脚。当他看见杜湘东的脸色，反而嘶嘶漏风地笑了，缺了一颗门牙如同吹哨儿："没调成？"

杜湘东没说话。

老吴又说："你就是太嫩。跟他们丫闹去呀。"

杜湘东还没说话。

老吴接着说："也怪你找错了人。你要是跟局长的闺女结婚，早他妈回北京了。非找一冷库妞儿，原地冻上了吧。"

杜湘东想，再忍一句，就一句了。

不想老吴又来一句："不过局长有闺女也看不上你呀。现在知道自个儿是谁了吧。"

杜湘东脑子嗡了一声，抄起桌上的工作记录本，就要朝老吴摔过去。后面的动作也设计好了：趁着老吴抬手捂脸，他可以跨个侧步，一手锁住对方的脖子；再接着，他既可以用拳头把老吴的缺牙面积扩大几颗，还可以使个"德勒哈"让老吴屁股着地。至于后果，他不管了，爱记处分就记吧，开除也无所谓。假如生活欺骗了你，那么当个摔得带响的破罐子也比窝窝囊囊地憋闷着强。

然而那套教科书式的擒拿动作还没使出来，天花板上的喇叭却响了："十七、十八监接人。"

　　这才想起，他负责的监舍昨天刚空出两个铺位，今天又要送进来两个新的。走的是一个抢劫犯和一个投机倒把分子，塞上火车拉到新疆去了，来的据说是俩盗窃犯。刚才在办公区有人叫他，估计就是要说这事儿。杜湘东把记录本往桌上砰地一摔，狠狠瞪了老吴一眼，终于还是正了正大檐帽，出门。一边快步走着，心里的火儿还在腾腾乱蹿。知道自个儿是谁了吧，知道自个儿配干什么了吧。他也就配接犯人、看犯人、押着犯人车象棋子磨冰棍棍儿，而且还干得这么令行禁止，比警犬都听话。

　　到了看守所正门，犯人和押送犯人的人已经等在登记处了。来的不仅有管片民警，还有南郊一家工厂的负责人。经过简单介绍，杜湘东得知这俩案犯是在实施盗窃时被厂保卫科当场抓获的，不仅"性质特别恶劣，金额特别巨大"，而且"死不悔改，负隅顽抗"。说这话时，保卫科的副主任，一个满脸横肉的胖子指着头上的纱布控诉，他的脑袋被开瓢了。他代表厂方要求看守所对案犯"严加管教"，进而又说有关领导会亲自过问这事儿。

　　杜湘东顶了他一句："你是说我们平时管得不严了？"

　　"那倒没有，我的意思是，你们得格外……"

　　"进来都一样，人我领走了。"

　　接着喝令俩犯人从墙根站起来，跟他去照相、剃头、换衣服。一套程序走完，已经快到饭点儿了，杜湘东又领着他们前往监舍，正式收监。直到这时，他都没有认真看过这两人。这其实也不是他的习惯，而是因为他今天心情恶劣，不想看任何人。他只是得到了个笼统的印象，那就是这俩犯人都很年轻，甚至比他还年轻。监舍里的那条走廊阴暗幽深，一个人走四处都是回声，人一多就像成群的牛马在捣蹄子了，此外还有犯人手铐哗啦哗啦的响动，这就让杜湘东心里更加嘈乱。偏在这时又出了状况。当他来到监舍门前，正要伸手摸钥匙时，身后突然响起了撕心裂肺的哀鸣："我不该在这儿呀。"

回头一看，俩犯人中比较矮、比较瘦的那个蹲在了地上，双手捂住了脸，其中一只手还包着厚厚的纱布。他呜呜哭着，另一个壮得多也高得多的犯人却把头扭向一边，一张脸像西方雕塑似的棱角分明。俩人在灯下投出一长一短的影子。

杜湘东就是在这时情绪失控的。你不该在这儿，我就该在这儿吗？他跨过去，揪着那个正在痛哭的犯人的后脖领子，把他拽起来，抬手就是一个耳光："认命吧你。"

这是杜湘东从警以来第一次打犯人。

2

从这天起，杜湘东就对这俩犯人格外留心。倒也不是因为打了人家。用老吴的话说，进来的人本来就记吃不记打，可要是再不受点儿皮肉之苦，真会以为谁都治不了他们了。工作三年，杜湘东不是个"雏儿"了，他见识过各式各样的"刺儿头"和"滚刀肉"，因此在一定程度上同意老吴的说法。而他之所以一直没破这个戒，是因为总觉得一码归一码，账得算清楚。哪怕是个死刑犯，该承受的也是一颗子弹，而不是一顿拳脚。

让杜湘东心里硌得慌的，是一个耳光之后俩犯人的反应。挨打的那个自然被抽愣了，瞪眼呆看着杜湘东。在四十瓦灯泡底下，杜湘东第一次看清了那犯人的面貌。他长了一张娃娃脸，两颊各有婴儿似的一嘟噜肉。眼睛又大又圆，长睫毛上沾着泪水，让人想起某种鹿类。这犯人嘴一瘪一瘪的，还在哭，但又因为管教的命令而不得不压抑着哭，那副样子哪儿像个盗窃犯？简直像个偶尔犯了错的三好学生。

"妈——"娃娃脸犯人又拖着长音叫起来。他这么一叫，把杜湘东稍稍冷静的大脑再次刺激得烦躁不堪。他就没见过这么屁的犯人。都到这个份儿上了，叫妈能帮上你？知道叫妈早干吗去了？他甩出去的巴掌又折了回来，这次变成了拳头。

但这只拳头转瞬被人拽住了。侧眼一看，是一旁那个高而壮的犯人。他双手揽住杜湘东的胳膊，手铐锁链缠住了杜湘东的腕子。手劲儿特大，一挣竟挣不脱。协同押送的两位管教吃了一惊，几乎同时掏出电棍来："你要干吗？"而杜湘东回了下神，反手扣住那犯人的肩膀，一拧身，脚下使个绊子，转眼就让犯人重重躺在了地上。接着，他用膝盖顶着对方胸口，逼视着那张棱角分明的脸："管教是你能动的？"

犯人从他胳膊上松开双手，瓮声瓮气说："政府，要揍你揍我得了。他有伤。"

这话说的，好像看出他现在气儿不顺，有打人的需要似的。杜湘东没再动手，但继续瞪着胯下的犯人，直到对方迟疑着把眼睛挪开，这才慢慢起身，掸了掸警服。后面的俩管教也跟了上来，其中一个问："给他上镣？"

对于特别不服管教，尤其是显示出暴力倾向的犯人，所里专门备有脚镣。那玩意儿由几十斤重的铁环和铁球组成，人挂上以后就像一头拖着破犁的牛，走到哪儿都哐当响。多挂两天，就连道儿都忘了怎么走了，有些人还会脚踝肿得像俩馒头。而杜湘东扫了一眼地上的犯人，摇了摇头，默不作声地打开了十七、十八监的两道铁门。这俩人是同案犯，按照规定，必须分开关押，防止串供、密谋或闹出别的什么乱子。一股又臭又馊的气息扑鼻而来，那是二十多个犯人共同散发的味道。杜湘东又拿出手铐钥匙，示意俩犯人过来开锁，摘了铐子就可以去他们该去的地方了。不出意外，他们今天晚上都得挨着尿桶睡，而原先在监舍里地位最低的人，则会荣升到靠外一些的位置上。这道门里，另有一套规矩。

当晚在食堂吃饭时，杜湘东只觉得脸上发烧。他感到人人都在看他，还猜测人人都在议论他想走而又没走成的事儿。老吴那张臭嘴肯定闲不住，也许在同事们中间，他已经被说成了一个心比天高，但却志大才疏的家伙——不光如此，还拿犯人撒气。这么一想，刚才的那个耳光仿佛抽在了自己脸上。一顿饭没吃完，他就回了办公室，咕咚咚灌了半搪瓷缸子凉水，这才想起还有工作没做。对于新进来的犯人，管教有义务了解其基本信息以及犯罪事实。看守所也不光是个关人的地方，在理论上还负担着协助侦查机关取证的任务。这些理论在老吴他们那儿也就是个理论，但在杜湘东这儿可不是，今天尤其不能是。看他的笑话是吧？幸灾乐祸是吧？越是这样，杜湘东就越得证明自己和他们不是一样的人。

他耗费两个多小时，翻阅了派出所转过来的审讯笔录，以及厂保卫科提供的相关资料。娃娃脸犯人名叫姚斌彬，棱角分明的犯人名叫许文革。姚斌彬比许文革小两岁，俩人一个二十一，一个二十三，都是一家机械厂的青工。俩人的住址也在厂家属区，是顶班招收进去的工厂子弟。工作以前，姚斌彬上的是全日制高中，许文革则是工业局下属技校毕业。工作以后，姚斌彬分在了模锻车间，许文革分在了维修班。按照保卫科的说法，此二人深受资产阶级个人主义思想毒害，自从入职伊始就不安于工作，频繁利用公家的器械和原材料在外面干私活儿、赚外快，被厂里发现后还挨过处分。这次他们企图盗窃的物品尤其贵重，是一辆日本进口皇冠轿车的发动机。被发现时，案犯自带简易工具，已将机器从车内拆卸出来，遭到抓捕时又嚣张拒捕，许文革用扳手将保卫科副科长开了瓢。

人赃俱获，事实清楚，证据确凿。那年头，青工沦为阶下囚的并不少见。本来社会上的诱惑就变多了，再加上年轻人血气方刚，脑子活络，往往一犯就是大案。杜湘东曾经遇见过倒卖铜线的电工，还有自制火枪把仇家崩成大麻子的车工。而要说这俩犯人和他们的前辈相比有何不同，恐怕还在各自表现出来的性格特点上。一个特别软，出了事儿光知道叫妈；一个又特别硬，跟管教都敢动手。无论特别软还是特别硬，在杜湘东看来都是潜在的危险。软的很容易自残，硬的很容易伤人，以前闹出过这两种事端的都是这两种人。

情况了解之后，杜湘东本想再到监舍去看看，如果有需要的话，对俩犯人进行一番教育也可以。这是未雨绸缪的意思。然而刚合上材料，天花板的喇叭又响了："杜湘东，你未婚妻找你。"

那时的看守所共有三部电话，一部在所长办公室，一部在监舍区紧急情况专用，还有一部才是职工可以使用的公共电话。地处郊县，谁家都会有人找，但找人的过程又像移交犯人一样复杂而且公开：看电话的老大爷先通知管理科，管理科再用大喇叭把要找的人叫来，并且还一定要说明谁在找、干什么。有个笑话，一个管教的老婆提前分娩，等辗转找到人，听筒里已经传来孩子的哇哇哭声了。而当杜湘东听见喇叭响，就说明刘芬芳已经在胡同口等了十来分钟。今天又是个冷天，她又是个有点儿风吹草动就得犯忧愁的人，杜湘东只好撂下卷宗，急匆匆奔了出去。

来到管理科，听筒在电话机旁撂着，好像一个人睡着睡着，就从床上滚了下来。看电话的老头儿把半导体收音机音量开得挺大，请电话那头的刘芬芳听了半集《新闻和报纸摘要》。杜湘东拿起听筒"喂"了一声，刘芬芳也"喂"，然后分别汇报了这两天的生活情况，诸如吃得怎么样、排没排夜班、上个月的工资还剩下多少等等。都是例行内容。这些说完，刘芬芳才进入正题："你那报告交上去有几天了？"

杜湘东说："嗯。"

"有信儿没有？"

杜湘东说："没批。"

刘芬芳没问为什么没批，仿佛早就料到批不了似的。她只问："那咱们怎么办？"

把"咱们"说得很重，示意杜湘东这不是他一个人的事儿。这层意思就让杜湘东嗫嚅起来，心里闷闷一紧。过了几秒钟，他才说："我哪儿知道怎么办。"

刘芬芳也"嗯"了一声，便把电话挂了。这可是俩人交往史上未曾有之大变局。以前也拌嘴，但越拌嘴，刘芬芳就会把话筒抓得越牢，打电话的时间也就越长。而这一次的态度，就说明她动了真格的。杜湘东可以想象刘芬芳嘴唇抿在一处、眉头微微蹙起的模样——这副表情从侧面看，的确是有点儿像吉永小百合的。现在"吉永小百合"决绝地离开胡同口的小卖部，途经提供"啤酒炒菜"的小饭铺，捂着鼻子冲过公共厕所的辐射区域，正准备扑到宿舍的单人床上去抹眼泪、咬枕巾。

他又把电话打过去，一个老太太告诉他"人早走啦"。

杜湘东只好怏怏地回到办公室。俩人生活比一人麻烦，这是早有预料的，但没想到一个人的憋闷平摊到两人头上，也会被放大无数倍。都知道被看管的犯人失去了自由，其实看管犯人的人何尝不是如此。这么一感慨，他无端又想起了今天送来的俩犯人。按照那些身经百战的老警察的说法，犯了罪的人身上都是有"味儿"的，拿鼻子一闻就知道谁是良民，谁是隐藏在群众中的坏分子。这种说法虽然夸张，但也符合犯罪心理学：人违背了社会道德，内心都会挣扎自责，从而也会在神态举止上表现出来，有所区别的只不过是掩饰能力罢了。然而姚斌彬和许文革虽然一个痛哭流涕，一个桀骜不驯，但他们的眼神都是干净的、纯良的，因此直到剃了头编了号又穿上了囚服，却还是怎么看也不像犯人。难道保卫科和派出所弄错了？可如果是被冤枉了，进来的时候就该一路喊冤啊。或者他们压根儿就是愚昧，缺乏起码的法制观念？就像以前进来过一"山炮儿"，买了个老婆又在人家琵琶骨上打了根铁钉，像拴狗一样拴了半年，警察上门解救时他还出示收据，声称"真不是偷来的"。但这种假设就更不切实际了，卷宗上写着，姚斌彬还参加过高考呢。

越琢磨，杜湘东就越心烦。他也说不清烦的是自己调工作和结婚的事儿，还是在工作中遇到了一个说不上谜题的谜题。或者都不是，他烦的是网罗一切的生活本身。一边想，他便抬头在窗台上看见了半瓶白酒。五十六度红星二锅头，是老吴摆在那里的。只要所长不来检查，老吴就会以五分钟一次的频率站起来，蹭到窗边打开酒瓶，连颗花生米也不就，吱溜一口，吱溜又一口。杜湘东时常觉得老吴活在廉价的醉生梦死之中，并为此对老吴抱有一丝同情，可现在，他却觉得老吴有可能才是活明白了的人。于是他情不自禁地效法老吴，起身抄起了淡绿色的酒瓶，吱溜一口，吱溜又一口。在今天，杜湘东破了工作以来的两个戒，一个是打人，一个是喝酒。今天真是鬼使神差的一天。

饶是百米跑进十二秒的身板，在酒量上却是不顶用的，五六口下去，他就晕头转向地"高"了。等再睁眼，窗外的鸟已经叫得如火如荼，而他还在办公室里坐着，腰杆挺直得像条绷紧的"板儿带"。不愧是个敬业的警察，连醉酒都醉得这么仪表堂堂。杜湘东使劲甩甩头，打开窗户散了散酒味儿，赶紧往监舍里去。每早查监也是他雷打不动的习惯，现在都晚了。

刚进走廊，就听见出了事儿。

声音是从盥洗室里传出来的。每天早上犯人起床，先得点名、整理内务，然后再由管教带去刷牙洗脸。本所各监区的盥洗室都只有十个龙头，仅能容纳一个监舍的犯人同时洗漱，所以通常的流程是当一名管教带着一拨儿犯人进去时，搭班的另一名管教就得带着另一拨儿犯人在外面等候。而当杜湘东三步并作两步跑过去时，却见盥洗室的铁门上了锁，窗户栅栏里人头攒动，挤得满满当当。这肯定又是老吴的杰作——每当杜湘东临时有事，他常常会把所辖两个监舍的犯人统统往盥洗室里一塞，自己就到宿舍睡回笼觉去了。至于共处狭小空间的犯人们会不会大打出手，他才不管，反正打个头破血流也有杜湘东过来处理。他还颇有趣味地把这种事儿叫作"斗蛐蛐儿"。

铁窗里充斥着叫骂声，压住了水龙头放任自流的哗哗作响。好在今天的蛐蛐儿不是群斗，而是大多数观摩少数几个斗，所以场面还没大到必须拉警报的地步。杜湘东气急败坏地打开盥洗室的铁门，跟前的犯人居然没注意到他，仍围着圈儿往里看。透过人缝儿，就见水泥地上伸着两条腿，两条腿底下又压着两条腿。这四条腿的上方还运动着七八条腿，机械而有力地往那两人身上踹着、踩着，砰砰有声，如同打鼓。

杜湘东喝了一声，腿儿们仍不停，他忍着头疼又喊："列队！"人腿组成的森林这才四散，围成圈儿的也缓缓挪开，沿着水池一字排开。

地上的俩人正是姚斌彬和许文革。姚斌彬侧身蜷成一团，浑身哆嗦，缠着厚纱布的那只手被他拢在胸前，如同夜里害怕的小孩儿抱着个布娃娃。往下一看，裤子湿了一片，却不像溅的水。他尿了。而许文革压在姚斌彬身上，两肘撑地，肌肉绷紧，也在周期性地哆嗦。杜湘东过去拽了拽这人肩膀，竟拽不动，只觉得手抓了块滚烫的铁。再喝令两个犯人强行把许文革抬起来，就呈现出一张惨不忍睹的正脸：几乎没一块好肉，不是青的就是紫的，一只眼被"封"了，血从鼻子以及嘴里流出来，凝结在脖子上。

许文革用他尚能视物的那只眼睛和杜湘东对视片刻，眼神不冷不热。

"说说原因。"杜湘东回头问。话是对郑三闯，那个从"文革"后期起就威震四城的老"顽主"说的。之所以没问"谁指使的"，是因为他知道，没有郑三闯的命令，这俩监舍里别说打架了，连大声说话也没人敢。铁门里有铁门里的规矩，规矩都是牢头执行的。作为规矩的集中代表，牢头自然可以享受某些特权，比如在伙食上多吃多占，干活儿也有人代劳，运气好了还能混上几根夹带进来的烟抽。对于此类现状，杜湘东一向是极其反感的，在他看来，在公安机关的规矩之外另设一套规矩，这已经构成了严重的挑衅。然而他又不得不学着顺应现状，因为那样便于管理，治住了一个就相当于治住了一群。归根结底，还是因为看守所的警力不够，类似于牧羊人总得养几条狗。

但今天，却是郑三闯先坏了规矩。在以往，挨揍的人必得咬牙忍着，被打尿了血也不敢报告，否则会被视为"扎针儿"的，以后的日子就没法过了。而打人的也有分寸，再大的仇也不能打脸，不能见血，更不能让管教看见，只要看不见那就一切心照不宣。像现在这样，牧羊犬咬了羊，又是当着管教的面咬的，他们就不是羊、狗和人的关系了，必须得按照白纸黑字的监规来解决问题了。

郑三闯立了个正，嘴里还叼着烟："新来的，都得过过堂嘛。"

对于杜湘东这个满脸严肃、举止刻板的年轻管教，郑三闯从来是暗含着三分不屑的。在他看来，杜湘东的严肃是缺乏经验的严肃，刻板也是底气不足的刻板。然而此刻，杜湘东却看出郑三闯表面上虽然在"拔份儿"，但眼神深处还是有些慌张的。何止慌张，说是惊骇也不为过。这在一个"老炮儿"的身上可不容易见到。

他打断郑三闯："你也是老人儿了，该怎么说话不用我教你吧？"

郑三闯把烟吐了，站得直了些："报告政府，我有责任，他们打架我没拦住。"

"为什么打？"

"没听见。"

"没长耳朵？"

"还没醒透呢。"

杜湘东便不看郑三闯，转向了和他同牢房的一个"杆儿犯"。这人是因为猥亵妇女进来的，此前在监舍里挨揍最多的是他，睡在尿桶边儿的也是他。

"那你说说。"

"杆儿犯"咽了口唾沫没出声，又像害了眼疾似的狠挤了几下眼睛，偷空瞥了瞥郑三闯。杜湘东用余光看见，郑三闯的嘴角抖了一抖。从这一瞥一抖里，杜湘东读出了某种含义，他指指"杆儿犯"，让他跟自己到走廊里去。

出了盥洗室，"杆儿犯"仍想含糊其词，杜湘东一句话就让他"秃噜"了："要不你去单间，请吴管教照顾你几天？"老吴有着许多花样百出的折腾犯人的办法，这是出了名的。而据"杆儿犯"交代，斗殴的起因也很简单。新进来的人第一顿饭往往是吃不上的，姚斌彬分在十七监，恰好和郑三闯同屋，所以咋晚的窝头刚发下来，他那份儿只好被迫上供。到了今天早晨，郑三闯又盯上了姚斌彬手上的纱布——他前几天刚上完镣，脚跟子磨破了，还化了脓，正缺一块裹脚布。但这次的要求却碰了壁。姚斌彬还没说什么，隔壁十八监的许文革先不干了，吵吵着说不能欺人太甚。

郑三闯就乐了，道，不服？不服你"翻板儿"呀。

监舍里的大通铺就是一块木板，故而犯人们的黑话都与"板儿"有关。每天面壁反省叫"坐板儿"，新人进来挨一顿杀威棒叫"走板儿"，有更蛮横的人物把老牢头取而代之就叫"翻板儿"。而许文革八成是没听懂，又见水池上架着一张摆放牙缸的木板，居然真把它抠起来往上一掀，溅了郑三闯一身牙膏沫子，还吼道，翻就翻，翻了你就别烦我们。

此言一出，问题就严重了。不管是在外面还是里面，统治权的更迭总是伴随着铁与血的斗争。郑三闯就让动手。而许文革还真有两下子，上来就把郑三闯的头号打手、一个络腮胡子的东北人按在地上了。随后便有更多的人像疯狗似的扑上去，除了打许文革，还打姚斌彬。为了护着姚斌彬，许文革就落了下风，一边挨揍一边说，打我得了，别打他。郑三闯又乐了，有条件地接受了许文革的要求：仗义是吧？碰上仗义的人，得先验验是真仗义还是假仗义；那就先打你，什么时候你抗不住了，再让他替换你。

杜湘东明白，郑三闯的本意并非要打出个你死我活，无非是想把许文革收服了罢了。只要说声"服了"，顶多再按北京街面儿上的规矩叫声"爷"，也许从此还能混上一把交椅。混混儿也有混混儿的爱才之心。没想到许文革愣是没服，用身体罩着姚斌彬，咬牙挺了许久。就有人嘀咕，看来这孙子是真仗义。这反而让郑三闯下不来台了，他也不能停，一停就是他"服了"，于是让手下发狠再打，而且专照要命的地方打。又有人劝，说再打就出事儿了，郑三闯却被激出了横劲儿，说有事儿我担着，大不了一年劳教变十年大牢。就这样，打与被打的拉锯战持续到了杜湘东到来。

"杆儿犯"还说："从来没见过这么硬的人，连吭也没吭一声。"

这时老吴总算歇够了，慢悠悠地踱了回来。杜湘东斜了一眼没说什么，让他先带犯人回监舍，自己则去通知狱医。许文革挨了几百记拳脚都有神志，突然松下来，反而没走两步就晕过去了，头磕在水池上，又冒了不少血，只能用担架抬往医务室。料理了伤员，杜湘东这才腾出手来处理后续事宜。他到十七监宣布：郑三闯从今天开始重新上镣，参与打人的帮凶劳动量加倍，持续一个星期，完成之后才能吃饭。然后他指指郑三闯位于靠门处的那个专享铺位，又指指姚斌彬："他这儿给你睡，他回头睡尿桶边儿上去。"

郑三闯眼里凶光一闪。被剥夺了最宽敞的"头板儿"，这相当于失去了牢头地位的象征。而杜湘东特地又"照"了他几秒钟，表示此意已决，没有讨价还价的余地。

接着杜湘东招呼姚斌彬："你过来。"

那孩子小步往前挪了几尺，脸仍煞白，眼瞅着又要哭了。他的模样再次让杜湘东烦躁起来，训斥道："不准叫妈，叫妈就把你嘴铐上。"

又说："你那同犯是为你挨的揍，你就是不能给他帮忙，也别给他丢脸。"

姚斌彬上牙咬着下嘴唇，惨白的脸上泛出一丝红晕，两颗豆大的泪珠从睫毛下涌了出来。这副表情让人想起电影里给女革命者的特写镜头。

最后，杜湘东扫视监舍里的所有人："他脸上有几道伤，我可都记着呢。从今天起只能少不能多，多一道，我唯你们是问。"

许文革挨了一顿揍，无意中却"翻了板儿"，这在犯人里几乎算个奇迹。看守所的监舍虽然封闭独立，但自有一套传播小道消息的途径，于是接连几天放风的时候，犯人们都会对他侧目而视，还有偷偷上去"盘道儿"的。杜湘东本来担心郑三闯会报复，但事实证明他多虑了。那个戴着脚镣、屁股后面拖着俩大铁球的老炮儿虽然看见姚斌彬和许文革就阴着脸，但当手下的兄弟又想去找俩人麻烦时，却被他一个眼神就瞪了回去。郑三闯还下令，以后谁也不准再抢姚斌彬的饭。这么做当然不是要给杜湘东面子，而是因为"老炮儿"行事自有"老炮儿"的原则。对于够硬气、够仗义的人物，就算是仇家，他们也要给予足够的尊重。

而俩犯人再次让杜湘东另眼相看，是在劳动的过程中。

劳动就是制作象棋子和冰棍棍儿。对于所里，这算创收途径；对于犯人，则是必不可少的改造任务。除了死刑犯和卧病在床的，其他人无论刑期长短、年纪大小，概莫能免。在劳动时，犯人也要分个三六九等，具体地说是分成体力工作者、技术工作者和半个艺术工作者：大多数人发张砂纸，打磨上游加工出来的半成品，这是最费工也最枯燥的流程；有一定技术能力的犯人则被委以操作车床和冲切机的重任；还有一些会刻图章的，那几乎是所里的宝贝，冲压上字的象棋子都得靠他们进一步修饰加工，"车马炮"才能成为整齐的篆文。姚斌彬和许文革是工厂出来的，自然被指定在了车床旁边，但因为是同案犯，俩人不能搭班，而且还被远远地隔开。许文革果然底子好，不出两天，车出来的象棋子的合格率就已经遥遥领先了，而姚斌彬的纱布虽然摘了，右手仍不灵便，操纵不动机床，所以干了两天又被扒拉回了打磨组，用胳膊肘夹着棋子干活儿。

这天正在看着犯人赶一批订货，就听见铿啷一响，一枚残缺不全的象棋子飞了过来，恰好落到杜湘东倒放在窗台上的大檐帽里。他正靠墙想心事，蓦地一惊，还以为又有人打架了，或者出现了马克思所说的以破坏生产工具来反抗剥削的迹象。但抬头一看，闷热的车间秩序如常，只有最靠把角的一台车床停了下来。负责操作它的那个交通肇事犯愣乎乎地站在一旁，显然也被吓了一跳。

杜湘东吹了声哨子，提醒把守在车间门口的同事注意警戒，又捅了捅歪在椅子上睡觉的老吴，招呼他一起过去看看。来到车床旁问怎么回事儿，交通肇事犯也不知道，表情像当初看着自行车道上的尸体时一样茫然。杜湘东又转了转车床上的摇杆，一动不动，不知是哪儿卡住了。正在这时，他的脚边却多了一人，姚斌彬不知何时从工位上闪了过来，蹲在地上，伸着脖子打量着这台车床的底部。

他抬头对杜湘东说："主轴上的三爪卡盘掉了。"

杜湘东还没说话，老吴先踹了姚斌彬一脚："谁让你离岗的。"

姚斌彬仿佛这才想起自己是个犯人而非工人，连滚带爬地回去了。而杜湘东绕着车床这儿拍拍那儿看看，一时头就大了。他不懂机械，但却知道这台机器坏了的话，后果有多惨重。如今别说是管教们的加班补助了，就连维持所里那两台北京212吉普车运转的费用，都出在象棋子和冰棍棍儿上。但为了节约成本，所里购进的设备都是外面工厂淘汰的，早就超龄使用了。制作象棋子的车床以前也"趴窝"过两台，请来维修师傅，人家说这种五十年代的仿苏产品连配件都找不着了——于是只好报废，进而势必耽误生产进度，进而要受到那些商家恶狠狠的催逼。想到这个，杜湘东的头就是替所长大起来的了。

老吴却又说起了风凉话："坏得好，资本主义的尾巴翘不起来了吧。"

杜湘东倒想提醒老吴，每个月发补助的时候，他可没少为了块儿八毛的数目去跟管理科扯皮。但再一想，当着犯人说这些也不太合适，于是没接茬儿，让老吴先去找上面汇报。他自己却没走，又把姚斌彬叫了过来："你怎么知道哪儿坏了？"

姚斌彬说："咱们的车床都没按时保养，机油一亏，主轴就会磨损卡盘。"

他说话时，眼睛又亮了起来，但那就不是泪光了，而是某种兴奋的光泽。这眼神让杜湘东心里也是一动："你能修？"

"以前没用过这种机床，但它结构不复杂，而且机器的道理都是通着的……不过我手使不上劲儿。"姚斌彬说着，朝许文革的方向望了一眼。

杜湘东明白他的意思，便向许文革招了招手，然后又告诉姚斌彬，角落里还堆着两台报废车床，如果需要零件，或许可以从那上面找到替换的。俩犯人便开始修理，杜湘东站在一旁监工，防止他们发生不该有的交流。过程大致也能看懂：他们拆开主轴机箱，把损坏的卡盘取下来，再拿去和报废车床上相对完整的卡盘进行比对。两种车床的卡盘却不是一个制式，于是需要再进行一番加工，把替换用的卡盘爪子磨短一截。车间里的工具还算齐全，鼓捣一阵，居然鼓捣好了。许文革用修复的车床车出一个象棋子，由姚斌彬递到杜湘东手上："政府，能用。"

这小半天里，杜湘东还在观察俩犯人的表现。他们配合极其默契，姚斌彬负责拿主意，指到哪儿许文革就拆哪儿，再指到哪儿许文革就装哪儿。甚而在特殊工序上都不用语言交流，姚斌彬做个手势，许文革就知道要上油，再做个手势，许文革就知道要电焊。许多在同一条流水线上干久了的老工人们都练就了这种本领，如此一来便能在噪声震耳欲聋的车间里保证效率。但考虑到姚斌彬和许文革在厂里时，一个是模锻车间的，一个是维修班的，俩人的工作并不搭界，他们的默契很可能就是盗窃的需要了。

而当沉甸甸的梨木象棋子掂在手里时，杜湘东也被传染了一种豁然开朗的喜悦。他把那颗棋子往高处一抛，"啪"的一声凌空抓住，接着才意识到这个举动和管教的身份不符，于是脸上发臊似的热了一热，让俩犯人各自归位，自己背手走开。

许文革却在身后叫他："政府，还有个事儿。"

"说。"

对方追上来，离着杜湘东两步远立了个正："我们也会保养机器。"

杜湘东不禁再次打量许文革。一直以来，这人给他的印象就是硬、傲，好像跟身边的一切都较着劲。揍挨事件之后，他明知姚斌彬受了杜湘东乃至郑三闯的照顾，但看人的眼神还是极其冷漠的，那意思很清楚，他压根儿不想领别人的情。杜湘东怀疑他就是每天都挨一顿暴揍，也是能默默承受的。而现在，许文革却在"争取表现"了。

"怎么着，想吃大米饭了？"他故意讥讽道。

许文革的脸仍是僵硬的，对刚才的建议予以说明："上一遍油，就没那么容易坏了。"

正在这时，所长火急火燎地领着老吴过来了，见车床已经恢复运转，知道虚惊一场，大舒一口长气。杜湘东便顺势把姚斌彬和许文革能修机器的事儿汇报了，又说他们主动提出要给设备做养护。所长也对这两个犯人中的能工巧匠高看两眼，点头道："那就加个班儿吧。"

加班除了犯人要加，管教自然也不能闲着。当天杜湘东没让姚斌彬和许文革回监舍，继续看着他们把那几台车床和冲锻机一一拆开，在重要部位上了趟油，又对已经出现小故障的地方进行了简单维修。活儿多人少，等全干完，已经快入夜了。俩犯人一头一脸的机油，拿手一抹，在暗处看和黑人差不多。杜湘东便先领着他们到盥洗室，发了半块肥皂让他们洗脸，洗完之后再带到自己办公室吃饭。饭果然是大米饭，配有肉片炒西葫芦和烩鸡块两个菜，是他委托老吴到管教食堂打出来，又放在锅炉房里保温的。所里的惯例，对于有立功表现的犯人，都给吃顿好的。况且他下午还半开玩笑地提到了大米饭，说了就不能食言。

根据杜湘东的经验，犯人假如见着油水，往往比见了妈还亲。那种不管不顾的饥饿感，恐怕只有吃上两个月的窝头才能体会。然而这俩犯人却吃得很慢：姚斌彬是右手捏不住筷子，只能换左手，于是颤颤巍巍，每往嘴里送一口都有漏到地上的危险；而许文革则像心里有事，有时猛扒拉两口，嚼着嚼着就慢下来了，凝视着眼前的饭盒发呆。

杜湘东讥讽："嫌不好吃？"

许文革没说话，喉结一跳，自我强迫似的咽下一口。

"有什么想法就提。"杜湘东又说，"谁让你们有功呢。"

他知道，许文革和姚斌彬今天主动请缨，为的可不是这顿大米饭。那么他们有什么目的？是听人说起过减刑的门道，还是想要争取一次家属探视的机会？但如果是那样，杜湘东就爱莫能助了。他们的案子还在审理之中，既然刑没正式判，因而也就不存在减的可能。又根据规定，尚未结案的犯罪人员都是禁止探视的，所以再想念亲人也只有忍着。说到底，杜湘东作为一个管教，能提供给俩犯人的其实就是一顿大米饭。但他为什么又要让俩犯人"提想法"呢？他有那么在乎他们的希望、失望和绝望吗？这就说不清了。

许文革果然说话了："政府，您能不能给他找个医生？"

"看什么病？"

"看手。"

"绷带不都拆了吗？"杜湘东朝姚斌彬横伏在桌面上的右手扫了一眼。那手表皮发红，略微还有点儿肿胀，看上去大致无碍。

许文革却有点儿抢白的意味了："可他还疼，给我递工具的时候直冒虚汗。"

管教最受不了的就是犯人回嘴，杜湘东立刻反噎："照你的说法，我还得给他配俩护士，白天晚上伺候着他？"

许文革便低下头去。毕竟在里面待了些日子，也学会看人眉眼高低了。而这时，一旁的姚斌彬又哭了起来。哭也不敢正经哭，一张脸绷得紧紧的，撑着眼眶忍眼泪。忍了一会儿没忍住，抬手抹了把眼睛，声响破腔而出："管教，我也不是怕疼。我是怕出去以后干不了活儿了。"

这时面对姚斌彬的哭，杜湘东却没有那么厌恶了，甚至心里一软。仨人都不再说话，办公室里充满了不尴不尬的气氛。过了会儿，杜湘东站起来，把饭菜分别往俩犯人跟前推了推："有的吃就赶紧吃，想了也白想的事儿就别想。"

姚斌彬和许文革低头扒拉饭。直到这时，杜湘东只是感到这俩犯人有些"各色"，但却没想到他们能干出一件大事。那就是逃跑。

3

逃跑事件后来成了杜湘东心里的雷，随时会炸，炸得他寝食难安。但在当初，杜湘东却认为自己善待那俩犯人是理所应当的。比如给姚斌彬看手，既符合管教的职责，又符合"人道主义"。他先问过看守所的狱医，狱医表示犯人确无重伤表征，非说手疼，或者是逃避劳动的幌子也未可知。但这就与姚斌彬的表现不相称了。于是杜湘东又给城里打电话，约了一位法医专业的同学。在常人印象里，法医都是研究死人的，其实活人也能看，而且因为接触的外伤居多，反而比普通医生有经验。过去练擒拿散打时摔着扭着了，警校的同学往往不去外面挂号，先到法医专业的宿舍遛上一圈儿。

那天法医其实也有任务，大兴发生了一起中毒案，他下乡去验尸了，等再折到看守所，已经又是晚饭的点儿。来了先感叹，在这种地方待久了不会得抑郁症吧，今天那个喝农药的妇女就是抑郁症。又说长此以往，个人问题得不到解决，没准儿还会憋出别的毛病。杜湘东只能讪笑，自掏腰包请食堂师傅做了几个小炒，招待同学吃好喝好，然后把姚斌彬从监舍提出来。这次就没让许文革跟着，不过经过隔壁十八监舍时，他留意到许文革正往窗外望着，那神情竟是信任和感激的。

人骨子里都有三分贱，如果一个既冷又硬的人对自己示好，所激起的暖意往往超过亲昵的人的嘘寒问暖。杜湘东旋即又为这种暖意感到恼怒，喝道："靠墙坐好，轮流背监规。"

领着姚斌彬来到办公室，便由同学问诊。法医见过的死人太多，对活人也懒得废话，直接让把手交出来，像玩儿"九连环"一样又捏又扭。姚斌彬明显疼得厉害，但却忍着不叫，娃娃脸上淌满了汗珠。忙活一阵，法医脸色似乎一变，招手把杜湘东叫到屋外。

杜湘东问："什么毛病？"

同学却问："这孩子跟你什么关系？"

杜湘东又问："什么意思？"

"麻烦了。"同学说着，露出理解的神色，"如果是亲戚，有亲戚的处理办法，如果是熟人托你帮忙，或者他们家属跟你'意思'过了，那么总也要给人家一个交代，否则情面上说不过去，对不对？"

"要是没关系，就是普通犯人呢？"

"那我劝你别给自己添乱。直说吧，他右手拇指的掌骨和基节受到钝物重击，造成了粉碎性骨折。这种伤势从外部往往看不出来，但你也有手，我也有手，都知道大拇指的作用，没了这根轴，其他指头差不多就相当于白长了。所以在评定伤残的时候，食指中指都折了，顶多也就是个八级，拇指尤其是右手拇指丧失功能，直接就是五级。出了这种情况，你要是装没看见，其实也能遮过去，反正案子一结，犯人就交给监狱了，到时候再怎么处理自有监狱的规矩；但要是从你这儿捅上去，那就相当于案子之外另起了一桩案子——这么重的伤是怎么造成的？如果是在收监期间弄的，你这个管教有没有责任？"

法医分析得头头是道，杜湘东听得恍然大悟。不愧是一毕业就在城里待着的人，虽然见的尽是死人，但却比他更懂人情世故。杜湘东不禁再问一句："这伤还有得治吗？"

"骨折，粉碎性的，又耽误了这么久。明白了吗？"

法医撇下这么一句，看到杜湘东面色有异，就没让他送，急匆匆先告辞了。杜湘东静立片刻，耳中似有什么东西嗡嗡鸣叫，使劲晃了晃脑袋才把那声音驱逐出去。他往走廊门外走了一段，这才想起屋里还关着个人，便又折回办公室，叫姚斌彬起立，跟他回监舍。在路上，姚斌彬走在杜湘东半步之前，表情有点儿呆滞，一双眼睛却格外地亮。难得是个有月亮的夜晚，月光从窗外透进来，照得他的脸也是一团透亮的白。这孩子以后就是个残废了。直到看到监舍门了，杜湘东才开口："你没大事儿，也就是软组织挫伤，养养就好了。"

姚斌彬没说话。杜湘东又道："心别太重，好好改造。"

姚斌彬好像点了点头。而当杜湘东示意他可以回去的时候，他突然说："您是个好人。"

杜湘东本可以说，假如世上的人真有好坏之分，那么按照通常的标准，警察自然是好人，被警察看管的就是坏人了。但从他嘴里说出来的却是另一句话："你还有什么要求？"

姚斌彬说："能不能托您给我妈带个信儿？"

"带什么信儿？"

"说我知错了，说我一切都好……说等我出去再伺候她。"

杜湘东看着姚斌彬那张温良的、不管何时何地总带着三分羞怯的脸："那得看我有没有时间，还得看工作上有没有必要。"

姚斌彬便向杜湘东鞠了一躬："谢谢政府。"

这天晚上杜湘东没睡好，躺在床上只是来回来去地翻腾，面朝墙感觉堵得慌，面朝桌子腿又感觉空得慌。他想到了老吴的那半瓶白酒，涌起了灌两口的冲动，但又想到一个警察是不适合当酒鬼的，也就没付诸行动。好容易挨到上班，他还是决定找一趟所长。一进门，就见所长正扯着脖子对着电话吵吵，听了两句才明白，是所里的一台吉普车打不着火了，汽修厂的人来看过，说没法修，只能报废，而所长向上面申请换车时又遇到了刁难。人家说，别的单位还缺车呢，你们一个看守所，反正也没什么出勤任务，没车就凑合吧。说得也不是没道理，可言语中流露出了轻视看守所的意思，所长就受不了了，反呛道："看守所怎么了，看守所就是家里蹲吗？说句不好听的，假如犯人跑了，你让我们拿脚去追？"

但呛也白呛。没车，这是客观事实，更是全国上下各个系统的普遍事实。恰因如此，姚斌彬和许文革涉嫌盗窃日本皇冠发动机的案子才会被描述得那么严重。杜湘东等所长在电话里泄完愤，这才硬着头皮把姚斌彬的伤情汇报了。才刚废了一辆车，又听说废了个人的事儿，所长的脸就绷得更紧了。他不说话，先点烟，三口抽完，又转肩膀，右手牵着左肩，正反各十下，转完才说："你说的属实？"

杜湘东道："找了个法医先看了。"

所长说："那你什么意见？"

杜湘东道："要真是这种伤，所里肯定没法治。狱医老张您又不是不知道，青霉素包治百病，红药水抹哪儿哪儿灵。要不我带着犯人到城里的大医院，找个专家再看看？"

所长却问："上哪儿看？协和还是积水潭？你要有门路，弄得到这些医院的专家号，那能不能先给我挂一个？我这膀子一疼，半边身子都动弹不了。"

吃了一瘪，杜湘东只好闭嘴。半晌才又问："那您的意见是——"

"这俩犯人在咱们这儿待了多久？小一个月了吧？现在要求大案要案从速从严，他们的判决也快下来了，到时候就要正式移交给法院和监狱系统。这样吧，办移交的时候你写份补充材料，说明犯人有伤，到时候是该保外就医还是减轻劳动，就由其他机关酌情处理。"所长说着又点了颗烟，"我理解你的想法，人在你手里，你得对他负责，但责任分个轻重缓急，更分个力所能及和力所不能及。上面拨下来的经费就那么点儿，大伙儿的加班费和改善伙食还得靠自己创收呢，真要做手术，拿什么给他做去？"

杜湘东便说："明白了。"说完转身就走。

所长在后面又跟了一句："还他妈不如打仗呢，起码弹药管够。105榴弹炮，一枚炮弹就得上千，看见哪个山头有动静，先轰丫十万块钱的。"

以前也听所长讲过打仗，说的都是大动脉里的血一喷一丈多高，或者步兵脑袋让弹片削掉了一半还往前冲锋，也有狙击手锁定了一个小兵，从瞄准镜里看见人家长了俩乳房，就哆嗦着扣不动扳机了。从没想过战争也能从钱的角度理解，看来往事的面貌是多变的，取决于你眼下正在琢磨什么事儿。所长的话让杜湘东哑口无言。他出了办公室，才又想起今天是该和刘芬芳打电话的日子。俩人有个约定，再忙也得每个礼拜通一次电话。制定并强调这一原则时，刘芬芳曾说："就是因为远，所以怕你把我忘了。"好像北京城里与郊县之间隔的是千山万水。可自从上次刘芬芳挂电话，这习惯就中断了将近一个月。不仅如此，就连再去冷库交接冰棍棍儿，也见不着刘芬芳了。换她来的是个四十多岁的胖大姐，见着杜湘东就翻白眼儿："你又怎么欺负母们芬芳了。"非要说个"又"，好像他常年都在欺负刘芬芳；非要把"我们"说成"母们"，好像在提醒他，这才是郊县人的标准口音。而一拖再拖，就把杜湘东拖毛了。他想，不管怎么样，今天得先和她说上话。

于是他没回办公室，拐到了管理科。以前打电话，大都是刘芬芳给他打，这是因为看守所里叫人接电话虽然费周折，但好歹是几十个人使一条线，不像食品公司，电话与人的比例高达二百比一。杜湘东看看表，估摸着刘芬芳已经上班，就打库房电话。果然不通，不通再打，座机转盘把手指头都磨疼了，这才插进一个空去。接电话的又是一大姐，悠着荡秋千似的腔调问他找谁，杜湘东说找刘芬芳，对方说今儿活儿紧，忙着呢，上班时间不能接电话。杜湘东便赔着小心求人家，说有急事儿。大姐说再急能有五百条猪腿的事儿急？再不入库下个礼拜保证全臭了。杜湘东便唬了对方一句，说我可是警察。这位大姐大约并没想到警察也可以是刘芬芳的未婚夫，倒抽一口凉气"哎哟"一声，说那您等着，我叫去。过了好半天才转回来，说刘芬芳今天没上班，是不是从冷库偷鱼偷肉的事儿让你们盯上了，是不是畏罪潜逃了？要不要把公司保卫科的人叫来，要不要把厂长也叫来？

一惊一乍，倒把杜湘东吓了一跳。他只好又说："其实我不是警察。"

"孙子你有病吧？你这叫冒充执法人员，明儿就让真警察到你们家抄你去……"

杜湘东忍笑挂了电话，再给刘芬芳的宿舍打时，好像也没那么为难了。既然别人都在与猪腿奋斗，那么这条线自然就是空的了。又说两句好话，看电话的人便穿过胡同叫来了刘芬芳。杜湘东问："你怎么没上班？"

刘芬芳说："歇病假了。"

杜湘东又问："你哪儿不舒服？"

刘芬芳说："也没哪儿不舒服。"

那么就是忧愁了。既然忧愁就得解忧愁，于是杜湘东便没提别的，先把刚才和大姐的对话复述了一遍。说完又道："回头还得跟你们头儿解释解释，别再把你怀疑成一个藏在群众里的坏分子。"

刘芬芳却不笑，冷不丁说："杜湘东，没想到你是这么个人。"

杜湘东说："我是怎么个人？"

刘芬芳说："你是个满不在乎的人。"

杜湘东说："我怎么不在乎了？不在乎能给你打电话吗？"

刘芬芳说："现在才打，早干吗去了？"

这诚然是杜湘东理亏。他说："所里事儿多。"

刘芬芳说："你事儿多，就没工夫考虑咱们的事儿了？"

杜湘东只好面对那个不想面对的问题："咱们的事儿，你怎么看？"

刘芬芳说："现在不是我怎么看了，是我们家人怎么看。"

杜湘东说："他们不是觉得我还行吗？否则也不会同意我跟你……那你们家人怎么看？"

刘芬芳默然半晌，再说话时，便去除了感情色彩，变成了一五一十的陈述句："你知道，我们家八口人。我妈生我的时候难产，此后不能干活儿。我大姐插队，落户到了黑龙江。我二姐心野，考大学去了上海，念完大学又去了深圳。大哥屄，结了婚嫂子都不让回家。家里相当于没了操持的人，我爸我妈还有俩弟弟，吃饭穿衣，洗涮缝补，靠的都是我。原先说想在城里结婚，那是我的个人趣味，其实除了个人趣味，还有现实困难。前些天看我犹豫，我们家人就又把咱们的事儿商量了一遍，都说你不错，就是人在郊县这一条是个问题。我要是跟你走了，我爸我妈就连口热饭也吃不上了，俩弟弟没准儿得变成野孩子。谁没有爸妈呀，谁没有家人呀。"

陈述到这儿，刘芬芳就不说了，改为一声啜泣。杜湘东便明白了她的意思，他说："那就没别的办法了？"

刘芬芳拖着哭腔说："早说过了，办法在你。"

杜湘东说："我没办法，我没用。我也不能不要工作呀。"

刘芬芳又默然半晌。这时看电话的老头儿打开了话匣子，还是《新闻和报纸摘要》。本期节目的主要内容有：苏联外长爱德华·谢瓦尔德纳泽访华，中苏关系有望实现正常化；各地物价小幅波动，政府号召群众不传谣，不信谣，不进行恐慌性囤积购买；全国从重从速处理一批影响恶劣的刑事案件，社会治安得到显著好转。

然后刘芬芳道："那就这么着吧。赶明儿我去趟郊县，咱们把东西换回来。"

所谓要换的东西，是俩人以往互赠的礼物，或者说是信物也行。共计：杜湘东给刘芬芳的一块东方手表、一件呢子列宁装、一个三克重的金戒指；刘芬芳给杜湘东手打的一条围脖、一件毛衣。自然是杜湘东送给刘芬芳的比较贵重，不过他并没想过要找刘芬芳讨还。而刘芬芳执意这么做，就有两层意味：一是北京姑娘特有的磊落，她不占他的便宜；二是刘芬芳特有的仪式感，相当于林黛玉和贾宝玉闹掰了，就要把原先乱送的汗巾、手帕、珠儿串儿或铰或烧，或物归原主。

　　杜湘东竟再没话好说。情况都摆在这儿了，拖泥带水也没意思。无非是他个人恋爱史上的第一次失败，以及看守所年轻职工恋爱史上的又一次失败。人待在这个破地方，有城里的姑娘愿意跟他才怪。就算丢人，丢的也不是自己的人，而是单位的人、组织的人。只不过心里仍是恍惚的，还有些战战兢兢。杜湘东只觉得他的伤感被覆盖在了心里的一层薄膜底下，看似还平静着，但如果那层膜破了，让埋藏的东西泛滥出来，他一定会悲痛欲绝。因此他最好不要再想刘芬芳，刘芬芳已成往事。杜湘东便脱了警服，来到犯人们放风的空地上，甩着胳膊跑起圈儿来，并且不是匀速跑，而是扎猛子似的冲刺，仿佛如此一来就能摆脱什么东西。直跑得呼哧带喘，浑身透汗，这才突然止步，面无表情地走向车间。犯人们已经被从监舍带出来，又开始了一天的劳动。这儿才是他该在的地方，这儿才有他该干的事儿。

　　刚一进门，老吴便晃了过来："那犯人说要找你。"

　　杜湘东往许文革的方向看去，他就站在车床旁，翘首朝这边望着。再朝另一个方向望望姚斌彬，他却在望着许文革。两张年轻的脸，眼神闪烁，饱含热忱。

杜湘东做了个手势，让许文革出列。

"报告政府。"

"有事儿说。"

许文革便道："我观察了其他人干活儿，大家操作车床的方法都不规范。机器爱坏，和这也有关系。如果能抽时间让我们，也就是我和姚斌彬讲讲，再做做示范，不光故障率会降低，象棋子的产量也能提高。"

杜湘东瞪了一眼："大米饭吃上瘾了？"

许文革却站得更直了："您知道，我们图的不是一口吃的。"

"那你们还图什么？让我把你们放出去不成？"杜湘东烦躁地呵斥，又一甩下巴，"该干吗干吗去，甭在这儿假积极。"

许文革脸一白，低头小跑回到车床，不敢再往杜湘东这边看一眼。老吴却凑得更近了，缺牙吹着哨儿说："都是养不熟的狗，就不该给他们丫好脸色。"

说完掏出烟来，分给杜湘东一根。还是红塔山呢。老吴兜里揣着两种烟，一种是几毛钱的凤凰，一种是几块钱的红塔山，平常自己抽的都是凤凰，求人办事儿或者给领导上烟才是红塔山。而杜湘东本来就不抽烟，顶多陪着老家伙们玩儿一颗，给他红塔山摆明了是浪费。这种浪费对于老吴来说，该有多么痛心疾首啊。

不仅发烟，还给杜湘东点上，又拍拍他的肩膀："吹了？"

敢情才这么会儿工夫，消息就传开了。一边听《新闻和报纸摘要》，一边就警察们的私生活在全所范围内发布摘要，这也是看电话老头儿的爱好。杜湘东鼓着腮帮子没接茬儿。

老吴便叹口气："没事儿，正常。当年我也是熬到三十多，才娶了现在这娘儿们。你要不痛快，就出去散散心，班儿上我给你盯着。放心，今儿我不喝了。"

竟说得杜湘东心里一热，觉得老吴都不是老吴了。而当他重新戴好大檐帽，道了声谢打算离开时，老吴却又一挤眼，对杜湘东乐了："对了，你跟那妞儿弄过没有？"

原来老吴还是老吴。杜湘东只好说："没有。"

"那亏了。你记着，结婚之前弄的都是赚的，结婚之后再怎么弄也是亏。"

杜湘东居然也乐了："下次吸取教训。"

这一天，杜湘东破了参加工作以来的第三个戒，那就是擅自离岗。他从职工专用的侧门溜出看守所，沿着土路走到一条河边，茫然地发起了呆。出来散散心，这是个明智的提议，相当适合失恋的人。然而到哪儿散呢？进城，"上北京"吗？再一想刘芬芳就在城里，他就不想去了。都掰了，还到人家近前晃悠，这不是贱嘛。而如果是在若干年之后，杜湘东就会知道，在他所处的这个郊县，其实是颇有几处景点的。有个什么峡谷，谷里可以撑筏子；还有个什么洞，洞里有千奇百怪的钟乳石。可在那时候，此类景点还是农民们眼里的穷山恶水，想去才怪。无处可走又必须得走，他索性跳上了最先开来的一辆公共汽车，也不问站，径直坐到了后排的空座上。

接着，他被车一晃悠，竟睡着了。睡着了也没梦见刘芬芳，再醒过来，却是被一群鹅吵得。只听得四下里嘎嘎叫，还以为车掉进水里了呢，凝了凝神，才知道有一农民带了一筐鹅上车，半路筐漏了，鹅满车厢乱跑。好容易都抓回来，失主却坚称少了一只，并一口咬定是被此前下车的旅客掳走的。他要求司机把车往回开，拉着他去找鹅。司机哪里肯依，双方便吵，鹅的嘎嘎叫里又混进了人的嘎嘎叫。最后闹到杜湘东这里来。

"警察师傅，您给评评理。"农民对他说。

杜湘东遗憾地摇了摇头，表示这不归他管。

农民的气性越发高涨："那你穿这身'皮'有个屁用。"

解释也解释不通，恰好又到一站，杜湘东便从后座上拔起来，逃也似的下车。临出车门问这是什么地方，售票员告诉他："六机厂。"

杜湘东这才反应过来，所谓六机厂，就是第六机械厂，也就是俩犯人姚斌彬和许文革原先工作的厂子。当年国家要搞工业化，北京率先响应，在城西边建了首钢，东边和南边则依次排开了化工厂、模具厂、火力发电厂……光负责机械制造的就不止一个，按照分工不同，一生二、二生三地顺延下去。排到六机厂，城里的地皮已经不够用了，因此选址在了郊区。而农田和荒野之间生生拔起一座工厂，对于原住民生活的影响可想而知。杜湘东老家所在的县城附近，也有那么一家厂子，是个上万人的锅炉厂，厂里的子弟从小吃的、穿的、用的，甚至说话的口音都与他这种本地孩子不同。如果不是托了关系到工厂附属学校上学，杜湘东或许不会萌生出通过考学成为一个"公家人"的愿望，更不会知道北京有所警校正在面向全国招生。他从姚斌彬和许文革想到自己，忽然感到此时下车如同一种冥冥的内定，既偶然又必然，既莫名其妙又顺理成章。

于是他跟着身边的几名工人，不紧不慢地往工厂方向走去。农田尽头耸立着厂房和围墙，越往近处，越是一派繁忙的景象。也多亏了这身"皮"，杜湘东刚一出示证件，说想要"了解一些情况"，传达室的人立刻便给保卫科打电话，叫来了那位膀大腰圆的副科长。过了将近一个月，胖子的脸已经养得直冒油光，头上的纱布却不摘，仿佛光荣负伤的瘾还没过够。这人也认得杜湘东，诧异道："那案子刑警不是调查过了吗，你一狱警又来干吗？"

杜湘东面无表情地告诉对方：第一，他不是狱警，而是一名看守所管教；第二，甭管是刑警还是管教，只要警方有调查的需要，保卫科都有配合的义务。副科长嘟囔起来，说把犯人送过去那天，该交代的情况不都交代了嘛。杜湘东立刻又纠正：目前案子还没经过法院判决，人也还没正式移交监狱，因此对姚斌彬和许文革的称谓就不应该是"犯人"而是"犯罪嫌疑人"。这就有点存心较真儿了。在那个年代，上述法律常识还不普及，也根本没人会深究，就连看守所的管教都一口一个"犯人"地叫，仿佛进来的一定会判，不是罪大恶极也不会进来。而杜湘东非要找碴儿，是因为他预估了胖子是哪种人——你要不当回事，他就煞有介事；你要煞有介事，他就特当回事。

胖子果然肃穆起来，引着杜湘东走进厂区，来到主楼一层的保卫科办公室。他给杜湘东沏上了茶，又专门让手下科员拿个本子来做记录，这才说："您想了解什么？"

杜湘东直截了当地问："姚斌彬手上的伤是怎么回事？"

胖子像受了刺激，跳脚道："你们不会都觉得是我弄的吧？刑警这么问，厂里的人也这么议论我。虽说我当年打过姚斌彬他妈的主意，人家没看上我，让我挺没面子，可事儿都过去这么多年了，大家的孩子都上班了，我就是肚量再小也不至于没完没了地跟一个女人记仇吧？那孩子的伤真是他自己造成的，当时他们把机器从车壳子里吊出来，悬在一米多高的铁架子上，本来就没挂牢实，我们进去一冲一乱，那铁砣子就落了下来，正好砸在姚斌彬按着前保险杠的手上——不信你问他，我有人证。"

记录员便从本子里抬起头来："这是事实。刑事责任，我们也不敢撒谎。"

副科长又说："我还专门找人问过，这种情况算误伤，误伤就不赖我，对吧？"

杜湘东点点头："你别激动，我又没说赖你。那么许文革把你打了，是在姚斌彬受伤之前还是之后？"

副科长叹口气："在这之后。他本来也没反抗，还偷偷央求我们说要'私了'呢，不想混乱中姚斌彬伤了，我又没看清楚，趁势踹了姚斌彬两脚，他就跟疯了似的朝我来了，抄起个扳手就把我给'花'了。"

杜湘东接着问："许文革干吗那么护着姚斌彬？"

"俩人从小就跟哥儿俩似的。姚斌彬尿，长得像个女孩儿，在外面没少挨欺负，为了他，许文革把十里八乡的混混儿都打遍了。这孩子性子狠，跟谁有仇当面不吭声，但日后一定得找回来。而惹了他还是小事儿，要是惹了姚斌彬，他非跟你玩儿命不可。"

记录员像个尽职的捧哏，又补充道："以前还有风言风语，说他俩是……那个什么……"

听得杜湘东眨了眨眼，也跟着问："到底是不是——那个什么？"所谓"那个什么"，在当时的日常语境里不大好说出口，专门的术语则称为"鸡奸犯"。记得看守所也来过这么一位，是在著名的东单公园被抓获的。那人刚住进监舍就抗议，说别人要轮奸他，闹得他不敢睡觉；没过几天屋里的人也抗议，说此人来了个一百八十度的大转弯，不厌其烦地邀请大家来轮奸他，闹得谁都不敢睡觉。后来只好把这人关到单间里去了。

而副科长却哈哈一笑，挥手道："这他妈不是扯淡嘛。厂里的老人儿都知道，许文革跟姚斌彬好，是因为他从小没爹没妈，相当于是姚斌彬他妈带大的。而且他还谈过一个女朋友呢，跟姚斌彬他妈当年一样，也是厂花。"

"许文革的女朋友在哪个车间？"

"早不在厂里了。都是厂花，不过厂花跟厂花可不一样。现在的女的多精啊，知道臭工人没前途，所以找许文革也就是图一乐儿，后来认识了个工业局的干部子弟，没两天就跟人家结婚了，又没两天就调到机关坐办公室去了。"

说的是许文革的感情生活，却让杜湘东仿佛被谁窝心踹了一脚。他又问："那么和姚斌彬与许文革关系密切的还有什么人？"

"也就姚斌彬他妈了。过去是个质检员，现在退休了。"

"把她家地址给我。"

从保卫科出来，杜湘东绕过高耸的主楼，这时却从一扇窗户里听到了女工的合唱："我却没法分辨，我终日不安，他俩勇敢和可爱呀，全都一个样……"是苏联歌曲《山楂树》，五一劳动节快到了。再穿过一道铁栅栏门，就是职工宿舍。院子由若干幢红砖楼和灰砖楼组成，红砖的是近两年新盖的居室楼，灰砖的则是筒子楼。一个弯腰驼背的老太太正在翻检着空地上的垃圾堆，风把灰土纸屑吹起来，直钻到她乱蓬蓬的花白的头发里去。杜湘东按照保卫科提供的门牌号钻进一幢格外破旧的筒子楼，只觉得走廊里暗无天日，饭味儿、霉味儿和隐约的屎尿味儿闷在一处，近乎发酵。他爬上四楼，先在楼梯拐角看见了个蜂窝煤炉子，炉子上烧了一壶热水。再往纵深里踱几步，总算发现了一道开着的门，门口挂着一道油渍麻花的布帘子。这就是姚斌彬的家了。

杜湘东在那门口站定，却不撩帘子，也不叫人。说实话，他此时还不确定自己的这次"家访"是否得当。屋里对着一扇窗，光线贯穿而出，透过布帘子与门框之间的缝隙，照得空气里缓缓飘浮的尘埃清晰可辨。不知从哪儿又卷过来一阵风，吹得布帘子扑拉一晃，杜湘东便看见了屋里那人的侧影。初时也没在意，觉得那就是个再寻常不过的女人：不高，很瘦，脸色蜡黄，留着齐耳短发，穿一件青灰色的劳动布衣服。全然看不出当年漂亮过，但却很符合一个与儿子相依为命的妈的模样。也许是警察眼毒，杜湘东随即察觉到，这女人的站姿有些不对劲。她把握不好平衡，上身往不该倾斜的方向倾斜着。他疑惑了一下，终于伸手把布帘子扯开半寸，这才看清了女人的真实状态。她一手扶着窗台，半步半步地往床头的方向挪着，那里有个刷着白漆的铁架子，上端有把手，下端装着四个轮子。这玩意儿的学名叫站立器，是给脑中风和轻度偏瘫的患者准备的。也就在这时，女人终于抓住了站立器的把手，几乎压上了全身重量，喘了两口气，这才扶着它往房间一侧的书桌挪了过去。左脚拽着右脚，右脚几乎无法抬离地面。书桌上摆着两瓶药，大概就是女人此番跋涉的目标了。

在那一刻，杜湘东很想走进屋去，帮那女人倒水、吃药。但在小小的助人为乐之后，他又该如何面对人家？假如她问姚斌彬怎么样了，他就告诉她，你儿子正在等候判决，同时成了个残废？一恍惚，他僵在了那里。屋里的女人却没看见他，她正在专心致志地把手伸向药瓶。而再一恍惚，背后突然有尖厉的哨声鸣叫起来。煤炉子上的水开了。

没等女人扭头，杜湘东就转身奔了过去。估摸着女人从屋里挪到炉子旁还有段时间，他又拎起地上的暖壶，依次把两只都灌满，然后才像逃跑似的冲下了楼。

自打从工厂回去，杜湘东就是有意无意地躲着姚斌彬了。查监的时候，他故意不往姚斌彬脸上看，监督劳动也尽量远离姚斌彬所在的工位。此外，他还不得不从另一个角度理解姚斌彬叫"妈"的意味：那不是指望妈能救他，而是在心疼妈、牵挂妈呢。没有儿子在身边，买菜、做饭、烧水、洗衣服乃至上厕所都成了举步维艰的浩大工程。经由姚斌彬的妈，杜湘东又想起了自己的家人：他爸在县文化馆卖电影票，他妈在菜市场卖菜。卖票清闲又体面，卖菜则是粗活儿，因此俩人结婚算是他妈占了便宜。但结婚以后，为家里做贡献最大的是他妈，最辛苦的也是他妈。每天早上五点之前，他妈就得从乡下把菜进上来，直站到天黑才能喊一声"包圆儿啦"，就这么日复一日，零敲碎打地攒出了两间瓦房、突突响的带篷"三蹦子"和杜湘东的学费。回家时乍看一眼，住上大瓦房、开上三蹦子、把儿子送到北京去的妈已经衰老得像个七十岁的人了。都说感谢好政策，好像党随便开个口子人民就能富起来，其实如果你是个小老百姓，点滴的丰足也是十倍百倍的汗水换来的。

而姚斌彬的妈所要承受的何止艰难，还有与儿子被捕相伴而来的耻辱。这时再想到姚斌彬叫的那声"妈"，又有了忏悔的意思——但杜湘东却为这事儿打了姚斌彬。远远看去，那孩子还是那么文静，劳动时总是偷偷望着许文革，像走丢的小羊在寻找着头羊。他们的案子也该判下来了吧，上面的精神不是从重从速吗？也许下个礼拜，也许就在明天，囚车就会轰鸣而至。按照以往的经验，等待他们的不是青海就是新疆的大牢，起码十年往上，二十年也没准儿。十年或者二十年过后，俩人回来，谁还认识他们呢？十年或者二十年过后，姚斌彬的妈不知是否还活着。

恰好过了两天，管教食堂吃猪肉大葱馅儿包子，杜湘东心里一动，央求大师傅多给他留了十个。等晚上值班的时候前往监舍，却不叫姚斌彬，单把许文革拎了出来。杜湘东将他带到走廊拐角，从身后抄出饭盒："吃。"

许文革不吃，站得笔直，两眼发直。

杜湘东说："不是全给你的，还有一半给姚斌彬拿过去……隔着窗户扔给他，不准交头接耳，也不准挤眉弄眼，我在后面盯着你呢。再告诉郑三闯一声，这包子谁要敢抢一口，我让他连去年的饭都吐出来。"

许文革便接了饭盒，却不打开。那意思是全给姚斌彬。

杜湘东叹口气："等案子判下来，你们就不必隔离看押了，到时如果还在所里多耽搁两天，我把你们调到同一个监舍里去，你们也聊聊……当然主要是互相反省。姚斌彬要是想给他妈写信，我也可以代交。"

许文革的鼻翼翕动两下，看向杜湘东："您去过姚斌彬家了？"

杜湘东没说话。在严格意义上，他还没有实现姚斌彬的请求。

许文革却又说："管教，您是个好人。"

这话姚斌彬对他说过，如今许文革也这么说。作为犯人，妄想评价一个警察是"好"还是"不好"，这实在有些荒唐。而同样的话由柔弱的人说出来还能理解，出自一个冷心冷面的人之口，似乎就有点别样的内涵了。杜湘东竟一怔，搪塞道："甭说没用的。"

　　杜湘东说完指示许文革回监舍。犯人背影挺拔，虽然吃了个把月的牢饭，浑身仍有一团英武之气。在不明不暗的光线里，他的侧脸像西方雕塑一般见棱见角。杜湘东忽然又想，不知道这俩犯人"下了狱"之后是否能分在一起服刑，也不知道在新环境里，许文革是否保护得了姚斌彬。更不知道他们是否还能遇上一个可以被称为"好人"的警察。但这些都是瞎想了，也与他无关了。而在几天以后，杜湘东才会懊悔：他其实是早该看出端倪的。他怎么连一点儿端倪都没看出来呢？

4

俩犯人的逃跑，起先被视为一起突发的偶然事件，后来才证实是早有预谋。

过程并不复杂，没有电影里跳墙、挖地道之类的情节，在此后人们的讲述中，甚至带着几分儿戏的意味。一切也都巧了。那天又到了该向食品公司交付冰棍棍儿的日子，所长又让杜湘东和老吴这一组负责。这次程序却与往日不同：所里的一辆北京212吉普刚报废了，另一辆后勤科要开出去买菜，因而先与冷库商量好，所里组织犯人把货搬到方便的地方，再由食品公司调来一辆卡车拉走。挑选人手时，姚斌彬和许文革就有意无意地站在了队列前侧。杜湘东还没说话，老吴先对他们开了口："你，还有你——搬最后一截吧。"

按照计划，被挑选出来的犯人们要分成若干小组，每组三到五人。前一组先把货物搬到某个中间地点，替换的另一组再过去接力。一拨儿人干活儿时，其他人就在各自的监舍里候着。如此几趟，等把货物从劳动车间运送到高墙的墙根附近，就该最后一组登场了：他们只需要让货物跨过警戒线，码放在看守所正门内侧的那块空地上即可。而毕竟是要靠近门口，兹事体大，因此对这一组的人员选择是有讲究的。首先，人数不能太多，绝不能超过三个，怕的是人一多就乱，乱了就看不过来；此外，他们还得一贯表现良好，能让管教们"放心"；再另外，不管多么老实的犯人，干多么繁重的工作，只要过了警戒线就必须戴上手铐，这也是不容商量的铁规矩。当一切就绪，管教立刻清场，然后才敢开门，把食品公司的车放进来，让冷库职工自己装货。

如此一来，让姚斌彬和许文革负责最后一段，也是顺理成章的了。姚斌彬虽然手上没劲儿，可许文革干活儿一个顶俩，这就不会耽误约好的交接时间。再说这俩犯人还曾经立过功呢，功臣总是格外值得信赖的。后来上面调查逃跑事件的时候，杜湘东如实交代，如果由他挑人，挑的也会是姚斌彬和许文革。

交代完毕，开始干活儿。起初一切正常，犯人们或扛或拽，把车间里堆放的麻袋往外运去，远看好像蚂蚁搬家。这些麻袋散放在屋里还不算什么，聚拢在阳光下，就变成了一座相当巍峨的小山。再想想小山全由寸把长的扁平小木棍组成，就可以联想到北京城里有多少怕热的胖子和馋嘴的小孩儿，到了夏天要消耗多少山楂、小豆和牛奶冰棍。这还不算最壮观的呢，杜湘东听刘芬芳描述过他们冷库储藏猪腿的场面：几百条猪腿在一字排开的铁钩上齐齐挂着，膝盖微弯，蹄尖笔直，毛发早已燔尽，皮肉覆着白霜，简直像是全北京的芭蕾舞团正在集体会演。真不知她怎么会从猪腿联想到芭蕾舞，而猪腿和芭蕾舞都是让她忧愁的。想到刘芬芳，杜湘东的心里便痛了一下，那种痛感倒不剧烈，只是隐隐的，但却让他感到憋闷。这时看到老"杆儿犯"又在偷懒磨洋工，他烦躁地吹起哨子，训斥了几声。

　　就这样，麻袋组成的小山分散再集中，集中再分散，终于移动到了墙根的阴凉处。这时已经快到中午十二点了，只好先让犯人们吃饭，吃完饭，杜湘东和老吴才从十七、十八监分别叫出了姚斌彬和许文革。走到劳动地点，杜湘东四下望望，确定附近并无闲杂人等，又低头检查了一下俩人的手腕，确定手铐上好了锁，这才点头，表示他们可以开始干活儿。许文革弯下身子，两手抓住一个麻袋，硬生生往肩上一甩，直起腰来就走；姚斌彬则左手攥着麻袋角，右手爱莫能助地搭在一旁，屁股朝前捣着小碎步，仿佛一松手就会摔个四脚朝天。俩犯人先后到达了终点，又规规矩矩地折回来，开始第二趟搬运。杜湘东依次看了看他们的脸，都是沉静的、心无旁骛的，仿佛他们并未意识到那道自由与监禁的分水岭近在眼前。随后是第三趟、第四趟、第五趟……他们沉默地重复着机械劳动，脸上、脖子上淌出了一道一道的汗水，粗布"号服"被渗湿了一片。墙根的小山渐渐瘦了下去，靠近铁门的小山此消彼长地胖了起来。

　　就在这时，杜湘东想起了一件事。他迟疑了一下，朝几米开外的老吴做了个手势，意思是要离开一会儿，就一会儿。

　　老吴叼着烟，大大咧咧地挥手：没问题，走你的。

　　杜湘东便小跑着穿过看守所，从侧门绕回宿舍，到屋里取了一包东西出来。那是刘芬芳给他织的围脖与毛衣。前两天刘芬芳又打了个电话，交代说，她会在收冰棍棍儿的日子再"下乡"一趟。这就是督促着他要换东西了。换就换吧，在完成冰棍棍儿交接的同时，也完成他们这段恋爱的最后交接，真是一举两得。以后刘芬芳就不会来了吧，她会在城里过着她的日子，那些日子将与杜湘东再无交集，她的忧愁也不是他的责任了。杜湘东的心里又是一痛，他提醒自己，一会儿见到刘芬芳，他得尽量表现得不软不硬、不卑不亢。太软太硬太卑太亢了都会招人看不起，作为一名警察，他需要在这种时候保持尊严。他也就剩一点儿尊严了。

于是，杜湘东回去时故意挺直腰杆儿，把大檐帽又正了正。那副样子简直不像是去分手，而是像去立功受奖。围脖和毛衣就夹在腋下，软乎乎却沉甸甸的，谁知道今年冬天就要穿在谁身上了。

然后，他就听见了电喇叭的警报声，紧接着是56式半自动步枪的枪声。声音是从正门方向传过来的，惊得杜湘东浑身一抖。

他撒腿往枪响的方向跑去。

隔着好远，便看见看守所的正门开了个洞。那是镶嵌在大铁门里的一道小铁门，也就一人多宽，平时锁着，只有接收或者释放犯人的时候才会打开。小山一样的麻袋稳稳当当地放在门里，而老吴已经屁股朝天趴在了空地上。姚斌彬和许文革却不见了。就这么一会儿工夫，就这么一会儿。杜湘东的脑子"嗡"了一声，那一瞬间眼睛再看什么都是花的。好在心思还算镇定，他的第一反应是扑到老吴身旁，看看同事是死了还是活着。

老吴身上并无伤痕血迹，只不过迎头挨了一记重击，被打成了乌眼青。杜湘东摇着他的肩膀晃了晃，一道口水从缺牙缝里流了出来。老吴这才叫唤起来："哎哟我操！"

"人呢？"杜湘东吼道。

老吴好像还蒙着，叉腿坐在地上，扬手指指敞开的小门。他身上那串钥匙就挂在门上的锁孔里。门外是条土路，通往南边的农田和柏油公路，但土路侧面却有一条河沟，蜿蜒着往东分出岔去，最终会与一条人工挖掘的引水渠合流。

杜湘东又吼："到底往哪儿跑了，路上还是河里？"

老吴说："没在一块儿，一边儿一个。"

这下杜湘东也蒙了。他既没想到这俩犯人居然敢行凶，敢越狱，更没想到他们在行凶和越狱时居然还那么冷静，懂得要往两个方向逃——这样一来，同时落网的概率就要小得多。而接下来，最让他没想到的情况出现了。当杜湘东冲到门口，站直了往外眺望，心里盘算着该朝哪个方向追时，身后的老吴却结结巴巴说："枪，枪……"

看守所的管教平时本不佩枪，需要执行重大任务时才佩。而重大与否，就取决于犯人有无失去控制的可能。既然今天是相对自由的室外劳动，因此杜湘东与老吴就都配了枪。枪内共有满匣子弹八发，没拉保险栓。

杜湘东往老吴腰间看去，空荡荡的皮套晃悠着，枪没了。

"拿枪的往哪儿跑了？"这次杜湘东连吼都吼不动了，他嗓子眼儿发空，甚至觉得整个儿身体都是空的。好像自己是个橡皮人，刚挨了一枪，漏气了。

老吴总算还没糊涂到家，他再次抬手，指指土路下面的河沟："这边。"

"你确定？"

"他们把我打了以后，就到我身上来抢钥匙，一个还让另一个先跑。先跑的那个顺手从我身上抄走了枪，我看见他蹦到河底下去了……后跑的那个又补了我两拳，我就晕了……"

没等老吴叨叨完，杜湘东已经纵身跃下了河沟。就算酿成了大祸，但他确定，此刻他的选择是正确的。仅仅几年前，东北的"二王"还让半个中国的人闻风丧胆，而要是在北京的地界上丢失一把枪，那种后果是连想都不敢想的。两公里以外，就是最近的一个自然村；五公里以外，就是郊县的县城；二十公里以外，就是西单、王府井和天安门。哪怕挨上一枪、两枪，直至八枪，他也不能让那把枪流落出去。他杜湘东的从警生涯已经够憋闷的了，绝不能让这种憋闷变本加厉，成为压得他一辈子抬不起头来的耻辱。

　　好在不是汛期，河道里只淌着浅浅一条溪水，又好在前两天刚下了一场小雨，河床里裸露在外的泥地半干不稀的，印着几个凌乱而新鲜的脚印。看来老天爷总算没让他把背字儿走到底，杜湘东顺着足迹追了下去。犯人对地形不熟，手上又戴着铐，跑也应该跑不远，而凭借着百米跑进十二秒的体魄，他有信心追上对方。风从头顶的河岸沿大地掠过，吹得整片天空像块破布似的抖了起来，河道里却静谧得连空气都凝固了，只剩下脚踢着鹅卵石和胸膛里呼哧呼哧喘气的声音。也就过了五分钟，或许更短一些，杜湘东便在前方的河道里望见了一个隐约的人影。那人因为无法张开双臂掌握平衡而踉踉跄跄的，远看几乎不是在跑，而是摇摇欲坠地飘在了半空。

　　"站住——"估摸着进入了对方能听见自己声音的距离，杜湘东喊了一声。

　　犯人一晃，继续跑。然而速度上的差距是无法弥补的，杜湘东咬了咬牙，让两腿倒腾得更快了。前面的是姚斌彬还是许文革？如果是许文革，一旦困兽犹斗，那么就要难对付得多。而无论是谁，他的手里都是有枪的。想到这一点，杜湘东把身体伏低了一些，同时跑起了蛇形路线。他的右手也摸向腰间，握住了事先打开保险的佩枪。两百米，一百米，前方的背影从模糊变为清晰，杜湘东认出了那是姚斌彬。五十米，二十米，在又一次蛇形跑动时，他已经能看清那孩子毫无血色的脸，以及像棒槌似的握在手里的枪了。

如果他敢举枪，那么自己只能先开枪。作为警察，杜湘东出枪的速度和准头都要远远强于一个没受过训练的毛孩子，这一点毋庸置疑。听见姚斌彬伴随着咳嗽，拉风箱一般大喘粗气，他仿佛看见了7.62毫米子弹贯穿对方胸腔时的血光。电影上的人挨了枪只会留下一个洞，往往还是一个相当干净的洞，带着这个洞，反面人物还能求饶，正面人物还能交党费，其实这都是扯淡。按照弹道学的原理，子弹钻进肉里骨头里是会旋转、打滚儿的，因此造成的创伤面积远远大于枪的口径。如果打在头上，半个后脑勺都会给掀飞掉。

因此杜湘东希望姚斌彬别犯傻。

他甚至对姚斌彬喊了出来："别犯傻。"

而这时，姚斌彬再次做出了一个让杜湘东意外的举动。就在两人之间的距离只剩不到十米的时候，他猛然站住，转过身来，对杜湘东似笑非笑。

再一松手，枪落在了地上。姚斌彬束手就擒。

此后的行为对于杜湘东而言就是条件反射了。他冲上前去，娴熟地将姚斌彬按倒在地，又从兜里掏出一副手铐来，将姚斌彬的手和河道边上一棵碗口粗的小树铐在一起。他捡起老吴那把失而复得的枪，检查了保险和弹匣内的子弹数量，随即向天鸣枪三声。跑了犯人，看守所里一定进入了紧急状况，按照老吴的指引，也一定有一队管教和武警正在火急火燎地沿着这条路追过来。

至于逃跑的具体细节，直到日后审讯姚斌彬时才得以还原。据他交代，主意其实早已拿定。在俩人刚到看守所的第二天，一块儿被按在盥洗室的水泥地上挨揍的时候，姚斌彬就对许文革说，不能在这儿待下去了。许文革一边承受着连绵不绝的拳脚，一边对姚斌彬咬牙切齿地说，那就想个辙。所谓想辙，无非是指制订逃跑计划。俩犯人利用放风的空暇，摸清了管教们换班的规律、高墙岗楼上的武器配备，最关键的是还观察到每个当班管教腰间都挂着沉甸甸的一串钥匙——那里面不仅有监舍门的，还有所里其他门的。而这些信息又是在劳动的间歇得以交流的。虽然杜湘东就在旁边监工，但俩犯人利用修理机器的噪声作为掩护，更利用心有灵犀的默契，每次只蹦几个字儿，甚至只用几个手势就把想说的都说清楚了。

到了事发当天，杜湘东突然离开，他们认为机不可失，决定放手一搏。也没商量，一个眼神就够了：姚斌彬假装摔了一跤，吸引了老吴的注意，许文革用手铐锁链绊倒了老吴，顺势把他打昏在地。对付这个酗酒成性的老家伙，一个许文革绰绰有余。然后俩人摸走了钥匙，很幸运地试到第二把就打开了嵌在大铁门里的小铁门，随即按计划分散，姚斌彬跳进了河道，许文革沿着土路奔向农田。岗楼上的武警没在第一时间开枪，这是因为怕伤了和姚斌彬、许文革滚在一起的老吴。而当犯人分头跑远，子弹又没打准。

针对案件的重点，上级派来的调查组还专门询问了抢枪的事儿。姚斌彬回答，开始也没这个打算，只不过当许文革按倒老吴的时候，佩枪恰好从枪套里滑了出来，他顺手就捡了。调查组自然不信，再深入挖掘动机，姚斌彬就交代，他本来胆儿小，再加上跑出去之后又要离开一直保护自己的许文革，于是便想随身带上一支枪。也没准备打谁，壮胆儿而已。这个说法得到了老吴的证实。当时老吴还有神志，听见许文革呵斥姚斌彬："你拿这玩意儿干吗？"似乎还想把枪夺下来扔掉。而姚斌彬则回答："赶紧跑，赶紧跑。"说完就先跑了。也就是说，逃跑虽有预谋，抢枪却属于即兴行为。

看守所也在第一时间派人去追许文革，可惜没追上。那犯人的脚力比姚斌彬强，很快就钻进了庄稼地，又从田里潜入了山里。再组织干警搜山，已经耽误了两天时间，早没影了。姚斌彬被捕，许文革依然在逃。这是看守所迄今为止最为严重的一次工作失误，也是全国少有的恶性事件。因为这个后果，上到单位下到个人都要付出代价。所里被取消了先进集体称号，所长公开做检查；再调查下去，上面得知俩犯人作为同案犯，却获得了碰面和共同行动的机会，尽管杜湘东与老吴也尽到了在旁监督的责任，并不算是明显违规，但还是一人追加了一个处分。

然而在杜湘东的记忆里，案发当天的情形却远没那么狼狈。姚斌彬是由所长亲自带队押回去的。见到杜湘东，所长没说话，先揽住他的肩膀，前前后后摸索了一圈儿，这才长吁一口气："没受伤就好。"那副神态全不像个在战场上见惯了血肉横飞的老兵。

杜湘东说他没事儿，犯人也没开枪。

所长瞪了他一眼："没开枪不等于没可能开枪。你哪儿能一个人往前追呢？"

杜湘东说就是因为犯人有枪，他才不能再等。

所长默然不语。一行人回到看守所，就见正门已经站满了人，不光有荷枪实弹的管教和武警，连厨子、清洁工和看电话的老头儿都出来了。不知是谁叫了一声："杜湘东活着哪。"人群立刻爆发出一阵欢呼，迎在前面的老吴更是挂着哭笑难辨的表情，脸上淌着眼泪、鼻涕以及口水。孤身一人追击持枪的逃犯，这说起来是多么凶险啊！追回来是英雄，追不回来没准儿就是烈士了。

杜湘东的脸却僵着，进而红了。他想到是自己的疏忽导致了犯人逃脱，又想到了姚斌彬带着笑，近乎坦然地把枪扔下的样子。他自然还想到了和姚斌彬兵分两路的许文革。而这时，又从人堆儿里挤出一个人来，正脸像个红苹果，侧脸有点儿像吉永小百合。她的脸上挂着忧愁，咬着下嘴唇走到杜湘东面前，朝他胸口捣了一拳。

然后她说："你怎么不去死呀！"

然后她又说："你死了我可怎么活呀！"

然后，她的眼泪就涌了出来，"哇"的一声扎进了杜湘东怀里。杜湘东的手尴尬地放在刘芬芳肩上，抱她也不是，不抱她也不是。他突然看见刘芬芳手里还提着个小网兜，网兜里装着一件衣服和两个牛皮纸信封。那是他送给她的列宁装、手表和金戒指。然而此时，刘芬芳却把他越搂越紧，勒得他都透不过气来了。刘芬芳忽地扬起头来，对着杜湘东的脸，又像对着在场的不在场的所有人宣誓道："结婚，结婚，咱们明儿就到民政局领证去。"

若干年后，当杜湘东若干次回忆起那一幕时，总会不由自主地提醒自己：它发生在二十世纪八十年代的最后一个春天。在那个春天，人们都在渴望改变什么并且相信自己真的能够改变什么，因而他们醉心于"改变"所衍生出来的概念、理想、梦幻……他们想要实现的"改变"有大的也有小的，有公众的也有私人的，有抽象的也有具体的，但总而言之，都被赋予了一层浪漫的、具有审美意义的色彩。为了那点儿虚幻的价值，他们往往能把现实种种弃之不顾，这在后来的人看来几乎是不可思议的。从这个意义上来说，与刘芬芳的爱情，算是杜湘东在八十年代的意外收获。

5

逃跑事件让杜湘东旷日持久地憋闷着。

虽然追回了一把枪，但玩忽职守是要记入档案的。听所长说，上面还算留了情面呢，如果不是看在事后补救的英雄行为上，定个渎职也不为过。经历了替他担心和为他欢呼之后，同事们又开始明里暗里抱怨他导致了大家停发奖金、加班整顿。在调查组进驻的那些天，杜湘东走到哪儿都觉得后脊梁骨被人戳得隐隐作痛。而更使他感到挫败的事实是：俩犯人从策划逃跑到实施逃跑，都是在他眼皮子底下进行的。他不是自诩比别人敬业吗？不是老觉得自己当了个管教是被"耽误"了吗？现在，反而是他结结实实地被犯人"摆"了一道。

连刘芬芳都察觉出了他的异样，一天突然对他说："你怎么好像矮了一截？"

当时杜湘东正跟她在城里采买结婚用品。床单被褥，痰盂暖壶，还得到居委会领一本《新婚健康一百问》。他愣了愣，回答道："一直这么高啊。"

刘芬芳踮着脚跟他比了比个头儿，嘟囔说："有一米七五吗？不会以前穿内增高了吧。"

这个怀疑并非没有依据。过去杜湘东甭管是站是坐，都绷得肩平背直的，现在换了更挺括更合身的89式警服，人却总是佝偻着，好像躯干里缺了两根骨头。此外，以前他话就不多，那是性格和郊县的寂寞生活使然，现在又添了个毛病，就是会一阵一阵地发呆、出神。有时正在食堂窗口打菜，大铁勺往饭盆里一磕，他还在那儿愣着，心思却不知飘到哪儿去了，菜汤子淋到裤子上都不嫌烫。

这些变化来自一个心结：许文革一天没被找着，那么事儿就还不算完。但纠结也是白纠结。姚斌彬早被带离了看守所，改由市局刑警队直接羁押。出了这种恶性案件，上面自然格外重视，听说还有位大领导震怒，对局长拍了桌子。杜湘东本以为接手此案的刑警会来找自己了解情况，于是专门把姚斌彬和许文革在看守所的表现整理了一份材料，包括俩人与人打架和修机器，等等。这份材料却根本没交上去，人家连将功补过的机会都不给他。

也找所长打听过案情进展，所长表示不知情，又抽烟，转肩膀，而后说："既然列入大案要案，那就不是所里的事儿了。或者说，承担责任归咱们，破案结案归人家。"

杜湘东说他知道。

所长叹口气："知道你心重，但事儿过去也就过去了。"

杜湘东没说话，接过了所长递上来的结婚礼物。那是所长老婆缝的一床被罩，粉底子上游着两条大红鲤鱼，"怯"而喜庆。他明白所长的意思：日子还得过，他又刚结婚，别为了把握不了的事儿，把眼巴前的事儿给耽误了。但即便陪着刘芬芳为了结婚而忙活，他心里却还是总也定不下来，并且进城仿佛也不光是为了结婚。

拎着大包小包坐车到了宣武门内，杜湘东就站在胡同口不动了。刘芬芳还以为他紧张了呢，于是逗他："笑一个，不会笑就学我。"好像她本人一天到晚都是笑着的。

杜湘东吭叽了会儿，对刘芬芳说："我还得出去一趟。"

刘芬芳就把脸拉下来了："今儿可是你结婚之前最后一次上门，我们家人都在。"

杜湘东看看表："我办完事儿就回来……吃饭甭等我了。"

说完不管不顾，撇下刘芬芳就走。又倒了两趟公共汽车，才在市局刑警大队所在的办公楼前下车。这是重地，饶是他穿着身警服也不敢硬闯，只好按规矩填表，央求门卫往里通报一声，拜访的理由则是"看同学"。他的确有个同学在这儿，不过上学时称不上朋友，毕业后也不联系：这是因为俩人都是外地来的，学习训练都很玩儿命，成绩也差不多优秀，于是互相把对方看成了对手，暗地里一较劲就较了三年。后来还听说，当初看守所去学校要人，组织上也动员了他的那位同学，只不过同学咬紧牙关没答应，还威胁说如果去郊县，那就宁可脱警服。杜湘东突然想，要是那时自己能硬到底，而同学却先嘴软的话，那么今天门里门外，等人与被等的会不会打个颠倒呢？跟同学较劲他没输，一起跟组织较劲，他却输了。真是性格决定命运，唯有一声叹息。

正在感叹，同学就出来了，还骑着一辆摩托车，专门配给刑警队的雅马哈250。同学还是原来那副表情：脸绷得很严肃，斜眼打量杜湘东，似有三分轻蔑。

"哟，稀客。"

杜湘东努力赔个笑："不耽误你时间，我说两句就走。"

同学却朝后座一努嘴："反正也到饭点儿了，边吃边聊吧。"

说完轰了脚油门。警察之间最看不上的就是磨叽，杜湘东只好跨上了车。只觉得风兜满了耳朵，不多时停在一家菜单生猛价格也生猛的粤菜馆门口。杜湘东一犹豫，同学又给他壮胆："这儿出过一起命案，要不是我们给破了，现在还贴着封条呢。所以老板哭着喊着让我们把他这儿当食堂，不来都跟你急。"

进门也不坐大堂，径直来到一个包厢。领班端了两扎啤酒，又给安排了几样"刚下飞机"的活物儿。杜湘东不得要领地动了两下筷子，讷讷发起了呆。

刑警同学却举举杯："杜湘东，我知道你为什么来。"

杜湘东一怔，又笑："打搅你了。"

同学说："你还真是打搅我了。你那事儿转到刑警队，恰好分在我们科。那俩犯人要不是从你手里跑了，我们也不会连轴转地加班。"

杜湘东说："不是俩犯人，是一个犯人。"

同学说："对，你抓回来一个，还追回了一支枪。如果不是前面的低级失误，你没准儿就是个英雄典型了。话再说回来，我今天跟你聊，严格说已经违反了纪律。大案要案得保密，不是办案人员不能插手，这个规矩你应该懂。要是别人来找我，我根本懒得搭理他，但你不一样。咱俩以前不对付，那是因为我看重你，你也看重我。能互相高看一眼，这就比一般人更有交情。你有什么想问的就问吧。"

说得杜湘东心里一热，本想敬同学一杯酒，但又觉得没必要。于是就问。同学果然爽快，除了极其具体的工作安排，其他知无不言。主要内容是对姚斌彬的审讯情况以及对许文革的抓捕计划——倒也按部就班，一边是轮番心理战榨取信息，另一边是全国发文通缉，广撒网多布控。但这个案子又有它格外的难点：许文革已无亲人，无牵无挂，想要通过家庭关系对他施加压力，或者通过信件和电话侦查他的行踪，那几乎是不可能的。

杜湘东又问："姚斌彬现在是什么状态？"

同学撇嘴骂了声脏话："看着文文静静的，其实还是个'硬茬儿'。一转到我们手里就开始绝食，撬他嘴也喂不进饭，只能捆起来打葡萄糖。他不是还有个妈么，我们本想感化他，给他申请一次特别探视，结果他连妈也不见，说没那个必要。整个儿一没人性。"

这种描述让杜湘东一悚，愣了两秒又问："你们是想通过他找到许文革？"

"那当然，他几乎是唯一的线索。"同学说，"警察有警察的办法，该上手段也只能上手段。前两天有了突破，姚斌彬招了，说他和许文革约好，先分头躲一阵子，下月一号到第六机械厂附近的高压电塔下碰面，不见就散，见了再一起跑。我们已经安排了布控，也许再过些天，你心里的疙瘩就解开了。"

同学说完，踌躇满志地一笑，看来他将是抓捕许文革行动的骨干。杜湘东可以想象那种景象：一群便衣都带着枪，神色轻松，目光如炬，或埋伏在隐蔽处，或装作不经意地在附近徘徊；只要发现可疑的形迹，他们就会像豹子似的一拥而上，将嫌犯按倒在地。这也是杜湘东过去想象中的警察形象，可惜只限于想象了。然而他琢磨了一下同学透露的信息，却又垂了垂眼睛，闷声问："你们就那么相信姚斌彬的话？"

"我们不是相信他的话，而是相信人的理智。"同学说，"姚斌彬犯下的事儿该怎么判，你大概也有个估量。重大盗窃、袭警越狱、抢夺枪械，二十年是起码的，而咱们国家的有期徒刑通常到顶也就二十年，再往上只有两种，一个无期，一个死刑。现在摆在他面前的只有两条道儿，第一，顽抗到底，这辈子就算交待了；第二，跟我们合作，戴罪立功，没准儿还能捡条命。再怎么彻头彻尾的混蛋也都怕死，这是人之常情吧！如果犯罪分子都那么'宁死不屈'，咱们当警察的也没法儿干了。所以我们认为，既然姚斌彬开了口，那就是在心里算计过了；既然知道活着比死了强，他就不敢跟我们打哈哈。"

刑警同学分析着，解释着，既有理论依据，也是经验之谈。而人家本没必要说这么多的，之所以不厌其烦，还是想让杜湘东放下心来。这个惺惺相惜的对手释放出来的善意，令杜湘东更加惭愧。然而他又摇了摇头，几乎是自言自语道："好像没那么简单。"

这就有点儿没眼力见儿了。同学正端起杯子喝啤酒，让杜湘东的话呛了一下，再把头抬起来，就成了一副好心被人当成驴肝肺的脸色："杜湘东，你阴阳怪气的什么意思？刑警和预审专家都是傻子，就你聪明？那你说这案子该怎么办？犯人招出来的都是假话，我们就不要布控了，坐在办公室里守株待兔？"

"当然不是那个意思。"杜湘东赶紧摆手，"我只是想提醒你们，别把希望都寄托在这次抓捕上，要做两手准备，弄不好还得是多手准备……我和这俩犯人有过一些接触，我还去过姚斌彬他们家，根据我的了解……"

"你要真了解犯人，也不会让他们跑了。"同学冷冷打断杜湘东的话，把啤酒杯往桌上一顿，"而且你还得弄明白，我们这是在给你擦屁股呢，轮不着你来教导我们。"

刑警同学是个热心人，但也是个缺乏耐心的人。热心是留给老同学，一个成绩优异的警校毕业生的，缺乏耐心则是出于刑警对一个犯了大错的看守所管教的轻蔑。眼看对方不想谈下去，杜湘东也就没了话。事实上，他来找人家，不过是想探听一下案子的进展，聊以解解憋闷，如同在火车站丢了钱包的人总要去趟失物招领处。而要真让他出谋划策，他也说不出个所以然来。俩警察对着一桌子"虾兵蟹将"闷坐片刻，同学就说得走了，晚上还要加班呢。杜湘东也站起来，跟在人家屁股后面出了门。分手时，同学突然扶住摩托车，对他说："杜湘东，你跟以前可真是不一样了。"

杜湘东无以作答，挤上公共汽车，回到刘芬芳家所在的宣武门内。天色已黑，胡同里的路灯有一多半儿都是憋的，使得杜湘东投在柏油路上的影子断断续续，还一阵一阵地发虚，好像一摊正被缓缓吸到地缝里的水。他又意识到自己虽然穿着警服，但却没戴警帽没系腰带，再摸摸下巴，好几天都没刮脸了，拉拉杂杂地滋着毛儿。这要是碰上局里的纠察队，不把他通报单位才怪。刘芬芳和同学的感觉都没错，他可真是跟过去不一样了，变成了一个颓唐的、落拓的家伙。家有三两银，不当臭脚巡，这是老警察们对这份儿职业的自嘲，可他还不如个臭脚巡呢，连在城里看看西洋景的资格都没有，只配窝在郊县，懊恼着一个小疏忽酿成的大错。现在，他还得将错就错地前往未来的丈母娘家，去卖好儿，去提亲。

他甚而觉得自己把刘芬芳给骗了。

6

回到看守所后，等待杜湘东的又是让人透不过气来的生活：查监、扫除、点人头儿、写检查。检查不光要给自己写，还得替老吴和所长代笔。如今只要上面有人过问那起越狱案件，几位当事人就得奋笔疾书一番，而俩老同志被折腾烦了，干脆把这种差事都推给了杜湘东。他们的理由很简单：你是大学生嘛，写得比我们深入、全面、触及灵魂。乃至于连管辖之内的犯人也敢看不起他了。有一次训了郑三两句，老炮儿把眼一斜："别把我逼急了，逼急了我也跑。"居然噎得杜湘东没说出话来。

所以再接到刑警同学的电话时，杜湘东真感觉对方递来了一根救命稻草。那天离上次进城已经过去了一个多月，他正在办公室里发愣，就听见天花板上的喇叭响了，有他的电话。杜湘东本以为是刘芬芳找他。刘芬芳和他虽然领了证，但却没办婚礼，这是因为杜湘东没脸请领导和同事去喝喜酒。他觉得那简直像是给越狱的犯人摆庆功宴。刘芬芳自然不乐意，狠狠地犯了会子忧愁，进而一怒之下，没住几天就从郊县的婚房搬回了城里。于是俩人联系还得靠电话。然而当杜湘东赶到管理科时，从电话里听到的却是男人的声音："你这张乌鸦嘴，还真说中了。"

同学告诉他，从姚斌彬嘴里挖出消息后，刑警大队提前几天就调派人员前去蹲守，局里的领导向更大的领导保证，一定要把许文革就地抓获，清除首都治安的一大隐患。然而苦等了一个星期，连个人影也没见着。办案人员这才不得不反思情报是否可靠，而重新再审姚斌彬，他只答了一句："不是成心想逗你们玩儿，是不编出点儿什么过不去。"然后又死不开口，并且开始了新一轮的绝食。同学也才又想起了杜湘东的风凉话。

他问："你猜到了姚斌彬不会供出许文革？"

杜湘东含糊道："我那时也不确定……就是感觉这俩犯人跟别人不一样。"

"咱们当警察的，办案子可不能凭感觉，得靠证据。"同学仍不忘踩杜湘东一脚，但又问，"那你到底有什么感觉？"

杜湘东便把俩犯人在看守所里的情况大致讲了。结论是许文革护着姚斌彬，姚斌彬也会护着许文革，俩犯人之间的情义远比旁人想象的深。讲完又说："姚斌彬他妈和许文革的感情也不一般。要抓许文革，不妨把她当成突破口。"

同学咳了一声，听来有点儿气急败坏了："你以为我们想不到？光我就找过那女人好几次。姚斌彬犟，多半儿是继承的他妈，他妈比他还犟——到现在都不相信儿子会犯罪，一口咬定这案子是冤假错案。后来了解到，这女人一直对厂子有成见，甚至对社会、对政府都憋着一口气，再加上前些年中了一次风，性情变得更加古怪，简直没法跟她打交道。"

杜湘东问："对了，姚斌彬他爸呢？死了还是离了？"

同学说："这事儿说来可就长了。姚斌彬一家其实都是厂里的人，他姥爷是五十年代的劳模，先给提拔了上去，后来又挨了整，病死在牛棚里了。留下一个女儿，年轻的时候挺漂亮，不少男的都对她有意思，几个青工同时追她，闹得沸沸扬扬的。后来组织觉得老这么着也不是个事儿，就出面解决她的个人问题，动员她跟一个刚死了老婆的副书记结婚。这也是保护她的意思，毕竟她爸有政治污点嘛，找个依靠，也不至于抬不起头来了。不过咱们的组织你也知道，做动员跟下命令差不多，反而把她给逼急了，一气之下嫁了个附近村里的农民。一时间别说那些追求者了，连组织都傻了眼。至于以后的生活，那就别提了。她看不上丈夫，嫌人家脏，嫌人家没文化，可人家还嫌她臭讲究，嫌她不会干活儿呢。等到生下姚斌彬，从小又是个药罐子，把她那点儿工资都贴补进去了，夫家在钱上也落不下好处，更觉得这婚结亏了。于是工农结合的结果就变成了三天两头打老婆，揪着头发从村头踹到村尾，旁边两只狗叼着鞋，打完了再从狗嘴里接过鞋，回厂医务室抹红药水。打了几年，终于离了，夫家索性连姚斌彬这个孩子都不认，因此姚斌彬有爹也相当于没爹。我们也去过村里，连他爸的人都找不着，说早到南方做生意去了。"

　　敢情刑警的调查工作要比杜湘东细致得多。而本来是要讨论案情，不觉间却变成了痛说姚斌彬的家史，双方都有些乏味，还有几分出离之感。闷了一会儿，杜湘东这才叹气似的"啊"了一声，刑警同学也把话题拉回到案子上："其实找你，是想让你帮个忙。"

　　杜湘东说："我能做什么？"

　　同学说："替我们接触一下姚斌彬他妈，看能不能挖出什么信息。"

杜湘东说："有你们在，哪儿还需要我去。"

同学说："现在姚斌彬他妈的情绪已经很抵触了，前两次过去，她干脆连门都不让我们进。那是个爱走极端的人，我们很怕她像当年一样被逼急了，反而甘心当起了许文革的共犯。再盘点一下这案子的相关人，跟那女人打过交道的只有你，我们这边能信任的也只有你，所以这事儿非你莫属，你就别推托了。"

杜湘东沉默片刻，又问："你让我做这事儿，是私人帮忙，还是上级任务？"

同学笑了："完成了算你对得起上级，完不成也算你对得起我了，行了吧？"

说完没管杜湘东答应不答应，径自挂了电话。而杜湘东琢磨一番，心里不免打鼓：同学以为他和姚斌彬他妈说得上话，所以才来求助于他，可其实他仅仅去过人家家里一次，严格地说还是过门而不入。如果他再去，姚斌彬他妈会是什么态度还不好说呢。但既然打鼓，就说明杜湘东已经开始考虑这个任务了，并且还是认真地、不可遏止地考虑。这么一想，他对自己有些无可奈何，又隐隐生出一些期待来。

过了三两天，杜湘东便独自动了身。之所以耽搁了些时日，是因为想到姚斌彬他妈刚受到了警方的反复盘问，需要给她一点缓和情绪的空间。向所里请假时，他也只说要去帮刘芬芳家干力气活儿，而且特地没穿警服，换上了一身松松垮垮的便装。坐车来到六机厂，他没走正门，绕远路兜到家属院的那一侧。这里没人阻拦，进了锈迹斑斑的小铁门，便看见楼还是那几栋楼，垃圾还是那几堆垃圾，就连翻捡垃圾的也还是那个老太太，动作缓慢，目光阴鸷。找到了姚斌彬家，却见门紧闭着，油渍麻花的布帘子垂在门外。

他掀开帘子敲了敲门，半晌无声。又敲了敲，门里才有个女人问："谁？"

杜湘东说："是姚斌彬家吗？"

"干吗？"

"来看看。"

"你是谁？"

"……我认识您儿子。"

屋里便传来了细碎的响动，当门锁咔嚓一声拧开时，已经是将近五分钟以后了。姚斌彬他妈从半开的门缝里露出脸来，居然还用蘸水的梳子拢过了头发。她也是个顾着体面的女人。

从刑警同学那儿，杜湘东知道这女人名叫崔丽珍。他叫了一声："崔阿姨。"

女人盯着杜湘东凝视片刻，突然说："你不是来过的那个警察嘛。"

"我……"

"你还帮我把暖壶灌上了。"

看来上次虽然走得匆忙，但姚斌彬他妈还是在走廊里看见了杜湘东。他惊异于这女人的记性——只一瞥，便认得了他的相貌。原先杜湘东还打算随机应变，冒充姚斌彬在社会上的朋友呢，如今只好窘了一窘，直说道："我是看守所的，负责过姚斌彬的工作。"

"那么你是杜管教？"

这话更让杜湘东发窘。女人解释，保卫科的胖子及其手下协助警方来"做工作"时，曾经提起过他。在那些人的描述中，杜湘东虽然一脸严肃，实际却是个心挺软的年轻人。女人面无表情地把他让进了屋，房间概貌尽收眼底：不到二十平方米的面积被一套带转角的三合板柜子分成两个部分，隔断外侧还算宽敞，摆着一床一桌，是姚斌彬他妈的起居室；隔断里侧就要局促得多，紧贴着柜体和墙角塞了一张比寻常单人床更窄的床，床上盖着报纸，估计是姚斌彬以前睡觉的地方。母子俩就住在这样的环境里。

　　既然无须自报家门，杜湘东便继续申明来意。他表示，虽然姚斌彬"犯了一个很严重的错误"，并且在收押期间又"犯了一个更严重的错误"，但他作为管教，仍是有责任关心犯人的。这不仅是个人意愿，而且也符合"我们一贯的政策"。尤其是听说姚斌彬他妈卧病在床之后，他更感到"有必要来看看您"。上述说辞已经在杜湘东的心里排演了若干次，因此表述得并不生硬，更不虚套。而当姚斌彬他妈接过话茬儿，问起姚斌彬在"里面"的情况时，他的答复是"过得还行"——这也是客观事实——没怎么被人欺负，睡在宽敞的铺位，还吃到了大米饭和肉包子。当然，杜湘东隐瞒了姚斌彬的手受了伤的事情，更隐瞒了姚斌彬哭着叫出的那一声"妈"。自始至终，他也没提一句许文革。

　　当他说完，便看见女人的脸上多了两行眼泪。泪水是从眼底缓缓涌出来的，如同雨季涨高的湖水，在某个节点上突破了自身的附着力，从此一发不可收拾地倾泻了下来。但对面的母亲却仍僵坐不动，连鼻翼也未曾翕动一下，整张脸像一幅旧照片。过了许久，她才郑重地点了点头："杜管教，谢谢您。"

　　"不能这么说，都是职责之内。"

　　"您想问什么就说吧。"

　　杜湘东这才说："许文革目前还在逃……"

　　姚斌彬他妈说："我没他的音信，更不知道他在哪儿。这话我对刑警队的人说过，对你也只能这么说。俩孩子就算犯了盗窃罪和越狱罪，也不证明我会犯包庇罪吧。你们要是不相信我，可以把我铐起来审问。"

虽然脸上泪痕未干，但女人的声调已经淡漠了下来，还把撑在站立器上的手往前一伸，一副认打认罚的神态。杜湘东心知碰了个软钉子，讪讪地把眼睛挪向一边，便看见有扇纱窗的合页松脱了，已经松松垮垮地歪斜了下来。眼看天气就要变热，如果任由它这么坏着，屋里或者不能通风，或者就要飞满蚊蝇。而姚斌彬他妈连站都站不住，更不要说把纱窗托上去再拧牢了。仿佛是为了缓解尴尬，杜湘东转过身去，从书桌上的笔筒里拣了一支改锥，走到窗前修理起来。这不需要复杂的技术，但干起来也挺吃力，他必须踮着脚，高悬手腕，缓缓转动改锥，让螺丝更深入地咬进年久腐蚀的窗棂里去。

这种活儿以前应该都是姚斌彬和许文革干的吧。总算让纱窗大致恢复了原样，当杜湘东甩甩发酸的手，把改锥放回笔筒时，就听见姚斌彬他妈再次开了口，语气里多了几分歉意："杜管教，真不好意思，帮不上你的忙。"

"那没什么，本来也不该难为您。"杜湘东说，然而他也不知自己是怎么想的，又加了一句，"不过我还想了解点儿别的。"

"你说吧。"

杜湘东转头凝视女人："我想知道……姚斌彬和许文革到底是什么样的人。"

姚斌彬他妈似是一愣，却不开口，弯腰拉开抽屉，取出一把钥匙交到杜湘东手上。

7

从那个初夏开始，杜湘东的生活里多了一项内容，就是不定时地去探访姚斌彬他妈。有时很勤，三两天一趟，有时稀疏，但间隔最长也就半个多月。去时所做的事儿也很寻常，首先是照料女人的生活起居，洗衣晒被，到农贸市场买菜。要是涉及不太方便的事情，比如洗澡和上厕所，那就只能请邻居的女同志来帮忙了——有空的多是一些老太太，颤颤巍巍地扶着颤颤巍巍的姚斌彬他妈前往公共卫生间，常常解个手就得耗费半个小时。一旦人家表露出嫌麻烦的意思，这活儿就不能白干，杜湘东得偷偷塞给老太太几个钱。

家属区的其他住户也认识了杜湘东。他们听说他是个管教，刚开始还会感叹两句"人民警察爱人民"乃至"人民罪犯人民爱"，也不知是在赞美还是揶揄。后来就成了见怪不怪，碰面时打个招呼"吃了吗""又来啦"，好像杜湘东是姚斌彬家的一个成员似的。

杜湘东这时会想，许文革来这个家时，会是怎样的状态呢？

而他固然不会把自己想象成许文革。他是来刺探许文革的。这个任务在姚斌彬他妈那儿得到了一定程度的实现。许文革的住处是单身宿舍里六个床位中的一个，床头贴了张通缉令，好像在提醒室友，这个逃犯会随时跑回来睡觉。姚斌彬他妈交给杜湘东的那把钥匙却对应着别处，是厂区外侧一排平房中的一间。那是厂子草创初期，第一批建设者们的临时住所，到了杜湘东前去调查时，房屋都敞着门，废弃着，唯有那间小屋门上挂了把锁。开门进去，别有洞天：里面并无家具，靠窗的亮处摆了一台小车床和一个工具箱，车床的电源是从墙外引过来的，工具箱里除了扳手改锥，还有游标卡尺、焊枪以及形形色色杜湘东所不认识的家伙什儿。对面靠墙的那一侧，则堆放着更加琳琅满目的工业产品：缝纫机的机头、老式自鸣钟、只有后轮没有前轮的自行车、农田里灌溉用的小水泵……光笨重的话匣子就有三台。杜湘东抄起一台打开，居然能响，可以收听《新闻和报纸摘要》。

　　几乎是个小型维修车间。后来姚斌彬他妈告诉杜湘东，这俩孩子从小就爱摆弄机械——这也许是因为出生在厂子里，除了螺丝齿轮，再没别的可玩的了。为了这个爱好，当妈的没少跟儿子置气，她认为姚斌彬应该考大学，出人头地。但也管不住，尤其是姚斌彬差几分高考落榜，顶班进了厂子之后，干脆和许文革把操练的场所搬到了这间平房，还凑钱买了一台老式车床，下了班就关起门来鼓捣，周末更是不分昼夜。他们的废寝忘食终于有了收益，不多久，竟然能出去给人家干维修了。自行车，收音机，饭馆的冷柜，附近公社的农用机械，只要坏的不是核心部件，往往都能修复如初。不仅收费不高，而且交活儿还快，绝不会像国营修理厂那样摆谱儿、拖工期。渐渐地闯出了名气，十里八乡都有人慕名而来，这时姚斌彬他妈倒不好说什么了，可厂子里却有人看不过眼了。那些人的说法也有道理：姚斌彬和许文革的身份是国营工厂工人，工资是国家发的，技术也是国家教的，怎么能再去接私活儿挣外快呢？现在是不讲究割资本主义尾巴了，但该遵守的规矩还是得遵守。况且谁知道俩人给外面干活儿的时候，有没有偷偷用过国家的机油、齿轮、焊条？如果那样，性质就变了，就成了损公肥私。于是领导出面，谈话批评，勒令制止。俩孩子还不服，偷偷摸摸接着干，被发现后挨了处分，并且强调如果再犯就要开除。

讲这些事儿时，杜湘东正坐在姚斌彬他妈面前，再一次打量屋里的摆设。对于一个都有工资并且还能赚到外快的家庭而言，这个房间无疑是过于简陋了。说句夸张的话，连灯泡儿都算是一件重要的家用电器。他也被允许翻看过姚斌彬留下的私人物品，别说没有手表和蛤蟆镜这些年轻工人中的时髦玩意儿，就连衣服都是质地粗劣的地摊儿货，有好多还打着补丁。那么钱都花在哪儿了？是吃了喝了，还是让许文革拿去讨好他的那个厂花女朋友了？可在姚斌彬他妈嘴里，"那俩孩子"又都是特别顾家的人，就连厂里发的夜班饭票都一张一张地攒下来，每逢单月份的月底到服务社去换一桶豆油，外加两条肥皂。

况且还有一台进口汽车发动机的案子呢，那玩意儿要能卖出去，可是一笔巨款。一切盗窃犯的动机当然都是弄钱，但弄钱的动机各有不同。姚斌彬和许文革是为了什么呢？

直拖到那年秋天，问题才有了答案。入夏以后，杜湘东就再没去过姚斌彬家，原因是那段日子北京有点儿乱，公安机关高度戒备，所有警察都得二十四小时随时待命。好容易熬到街面上大致太平，杜湘东先到丈人家安顿一番，这才从城里坐上长途车，直接前往六机厂。下车绕过厂区，景象倒是基本如常，不同的是对外来人员的盘查更严了，连家属院门口也设了岗，拦住没穿警服的杜湘东盘问了半天。幸亏保卫科的胖子巡查经过，打个哈哈就让他进去。而来到几栋筒子楼中间，却见一辆锃光瓦亮的皇冠轿车停在空地上。这可是从未有过的情况，以前别说皇冠了，就连东欧产的波罗乃兹也没在这片宿舍里出现过。杜湘东心里咯噔了一下，站在车前观摩了好一会儿，弄得车里的司机也紧张地看着他，还嘀嘀按了两声喇叭。他正想转身离开，就听见一片喧闹，一群人从姚斌彬家所在的那幢筒子楼里拥出来。走在前面的是两个中年男人，面色铁青，跟在后面的则是楼里的邻居，对着他们的背影指指戳戳。态度最激愤的是那个整日翻捡垃圾堆的老太太，她首如飞蓬，躬着驼背追上去，响亮地"呸"一声，被甩开后再紧追两步，又"呸"一声。伴随着"呸"，她还在振振有词地质问："这还让我怎么过？"

"你们算个屁领导。"

片刻追到车前，竟然一把搂住了其中一个男人的大腿，滚在地上不起来了。两位领导拉她不是，不拉她也不是，只好一边擦汗，一边探头向四下张望。恰好看见保卫科的胖子，他们就像遇见了救星，大声招呼他过来"处理一下"。胖子不情愿地咂吧着嘴，跑过来硬拽开老太太的手，同时对领导们说："撤退，我掩护。"

领导们便钻进了皇冠轿车，砰砰关门，仓皇而去。群众却也不追穷寇，就连老太太都不再打滚儿，摇头叹气地和众人一起散了。空地上只剩下杜湘东与胖子两人，一时间尴尬地大眼瞪小眼。瞪了一会儿，杜湘东才问："刚才那是什么领导？"

胖子道:"厂长和书记呗。"

杜湘东说:"这是来干吗呀?"

胖子居然也"呸"了一声,说:"还能干吗?打白条来了。"

不等杜湘东再问,他就喋喋不休起来:厂子一直受困于经营不善、市场疲软等问题,如今外面的架子虽然未甚倒,但内囊早已尽上来了。尤其这两年,原先那些福利全部取消,工资也只能发一半,更要命的是退休职工医药费都报销不出来了,只能先让本人垫付,再由厂里打个条子,意思是欠着。可是厂里能欠着工人的,工人却不能欠着医院的,曾经有人把条子拿过去冲账,人家根本不认。也集体找上面反映过好几回,前一阵总算有了说法,所有欠款将预支一笔专款结清,于是大家翘首以盼,盼来的却是厂长和书记亲自登门,一边继续打白条,一边鼓励大家发扬工人阶级的先锋队精神,"再忍忍,忍忍就好了"。

"再忍忍就死啦,人一死,他们丫的倒是好了。"说到这里,胖子终于重新站队,大张旗鼓地帮着工人声讨起领导来。可惜面前只有杜湘东一个听众,他的正义感无法得到广泛的呼应。而这的确是以前从未听说过也从未想到过的情况。就连杜湘东这代人,都认为一旦进了国家单位,生老病死都有国家兜着——敢情国家也有兜不住或者不想兜的时候。那么作为一个重病号、老病号,姚斌彬他妈承受的经济负担可想而知。俩孩子外加一个女人的收入,大概仅够维持生活的,要看病就得靠外快贴补,外快不让赚就只能铤而走险了。一条逻辑线索在杜湘东心里清晰了起来。

上楼之前,他多问了一句:"对了,刚才那辆车就是姚斌彬和许文革的……赃物吗?"

"那可不,厂里哪儿还有第二辆皇冠?"胖子说。

"不是说效益不好吗？"

"这情况就更复杂了。车本来是机关里一个副局长的专车，放在厂里是要换几个零件，结果出了那档子事儿，被警察暂时扣下了。人家倒好，等不及，直接又配了一辆公爵，也是日本原装，这辆皇冠就作价卖给我们厂了。上级压下来，不买都不行。买了又不能浪费，哪怕天天挨骂，厂长也只能坐着……没准工人的医疗费就是被挪用到这辆车上了。"胖子说完，对这个复杂的情况进行了简要的总结，"操！"

杜湘东默默离开，顺着楼梯往上爬。他的脚步益发缓慢，等站在姚斌彬家门口时，几乎踟蹰着不敢进去了。他不忍心面对刚被公家打了欠条的女人的脸。门没关，从布帘子底下看过去，姚斌彬他妈似乎正坐在桌前，右腿放任自流地歪向一边。喘了口气，杜湘东终于还是走了进去，挤出一个久别重逢的微笑，叫了声"崔阿姨"。

姚斌彬他妈一颤，以一个中风患者所能达到的最快的速度，把桌面上的一叠白纸拢起来。那就是厂里的欠款证明了吧，一定还盖着堂皇的大红公章。杜湘东感到自己这么看着她，显得有点儿冷酷。于是他又踅摸起了家里积攒下来的活计：站立器有个橡胶扶手掉了，台灯的灯泡憋了，水壶里积了厚厚一层水碱……等一口气把活儿干完，桌面早已空空荡荡，姚斌彬他妈还像雕像似的坐在桌前。

杜湘东讪讪的，又要出去做饭，姚斌彬他妈却头也不扭地说："你也知道了吧。"

说的就是欠条的事儿。杜湘东回答："知道了，刚才还在楼下碰见厂长书记了。"

姚斌彬他妈叹了口气："其实也不是存心想瞒着你，而是不想让你知道，姚斌彬和许文革偷东西、从看守所逃跑……都是为了我。"她喉头一抖，带出了哭腔，再看脸上，眼里亮闪闪的，似乎又要落泪。

杜湘东僵立着，半晌说出一句确实让自己倍感冷酷的话："我是个警察，只管人犯没犯罪。至于为什么犯罪，我就是想管也管不了。"

姚斌彬他妈沉默半晌，然后说："杜管教，你是个好警察。"

这已经是第三次有人说他"好"了。但他这个"好"警察此刻的所作所为，都是在弥补一个对于他这种职业而言不可原谅的错误。到底什么算"好"，什么算"坏"呢？杜湘东第一次意识到，在那些截然相反的概念之间，还存在着一个复杂的中间地带，而他和姚斌彬、许文革都被困在那里，似乎永远不能上岸了。这种处境几乎是令人绝望的。

他发呆，对面的女人也发呆。过了好久，杜湘东又听见姚斌彬他妈说："你是带着任务来的，这我知道。但我没法儿帮你完成任务，以后就别为我耽误工夫了。"

杜湘东笑了："任务不任务的倒在其次。我来，就是想跟您说会儿话。"

姚斌彬他妈也笑了："那就说会儿吧。人总得说话，不说太憋得慌。"

随后，女人言语绵密，好像从记忆里扯出了一根线头，一件事儿连着另一件。过去总说姚斌彬，今天她却说到了许文革，说到了许文革的身世。许文革他爸也是一名维修工，还是一名政治积极分子。那年头人们说积极也都积极，但或者是顺着集体惯性，或者是揣着点儿个人目的，偏他和众人不同，积极得十分虔诚。除了会上喊口号，他还自学马列，读的是中央编译局的汉译全本。工人文化低，有不明白的，总去请教一个上过"辅仁"的老工程师，也就是姚斌彬他姥爷。经过学习，他懂得了工人阶级挣脱的只是锁链，懂得了劳动必将成为人类的内在需要，也懂得了在首都北京建设工厂，不仅是为了带动全国工业大生产，更是为了在遥远的未来实现共产主义。所以当前全国劳模、那位老工程师被定性为本厂的"走资派"时，带头批判他的维修工当众痛哭流涕。他哭是因为惋惜：这个给他讲解过"必然王国"与"自由王国"之区别的人，怎么就糊里糊涂地站到历史潮流的反面去了呢？可见自我改造和不断革命有多么重要。在此后的那些年里，维修工更加真挚地积极着，上面提倡劳动竞赛他就加班，上面号召支援三线他就捐工资，上面鼓励造反他就自告奋勇组建了战斗队。然而当激情的年头过去，上面又要整顿秩序了，责任又被一股脑儿算在了他的头上。因为并没有真打死过人，所以处理还算轻的，无非也就是写检讨和"夹着尾巴做人"，但维修工想不通，不通则痛，越心痛，就越深陷于周而复始的自我折磨。终于有一天，厂里人发现他把自己吊在了车间的钢梁上。按当时的逻辑，这就算畏罪自杀了。

维修工的老婆死得早，是操作滚筒烘干机时被联轴节绞住了裤腿，头磕在叉车的铲尖上撞死的。只留下一个许文革，不到十岁就变成了野孩子。他住在父母的小平房里，学也上不上，成天打架，饿了就到食堂讨口吃的，要不就是捡点儿工地上的边角料卖钱。时间长了，厂里觉得是个祸害，有人提出把他送"工读"，而当时姚斌彬他妈刚离婚，带着姚斌彬搬回了厂里，看见许文革可怜，便说：反正一个也是养，两个也是带，权当姚斌彬多了个哥吧。她让许文革住进了自己家，找领导落实了许文革的抚养费，重新把他押回了学校。念到技校毕业，又是她出面敦促厂里落实政策，让许文革接了他爸的班。革命时期整人的和被整的，反倒相依为命过了这么多年。日子久了，人们渐渐把姚斌彬母子与许文革当作了一家人，只是在俩孩子出事儿之后才议论，没准儿是许文革把姚斌彬给带坏了。

"都是命。"女人最后总结说。

这话杜湘东也听许多人说过。那些偶然失手的惯犯交代落网经过时，往往会感叹一句"都是命"。所长讲起在战场上有人冲锋在前却活了下来，有人躲在炮弹坑里却被炸飞了的事情，也认为那"都是命"。人抗不过命，在这个大前提下，想不通的事情仿佛就有了解释。那么姚斌彬和许文革又该如何看待他们的偷窃、被捕、越狱、一个跑了另一个却被抓回来了的结局？对于这俩犯人，那一切也"都是命"吗？如果是这样，身陷囹圄的姚斌彬会羡慕许文革吗？逃脱在外的许文革会坦然地想起姚斌彬吗？

这么想着，杜湘东已经从六机厂回到了看守所。天彻底黑了，苍穹笼罩在北京南部的平原之上，竟不显得深远，好像一层不透光的幕布，谁也不知道在它外面藏着什么。经过办公区时，他看见所长屋里还亮着灯，又想起自己外出了一天还没销假，便向楼里走去。

销假也就是露个面，表示"人在"即可。而当杜湘东打完招呼，说句"没事儿先走了"，所长突然招招手，让他走近了些："还真有事儿。"

"您说。"

所长掏出烟，这次却没点，也没转肩膀，片刻把烟扔在桌上，抬头看着杜湘东："任务有点儿特殊……你恐怕得跑趟姚斌彬家。"

去看姚斌彬他妈的事儿，此时只有杜湘东自己知道，连刘芬芳都没告诉。当他听见所长这么说，嗓子忽然一紧，像被谁勒住了。咽了口唾沫，他才明知故问："去干吗？"

所长翻出一个牛皮纸袋，手指在上面敲了敲："判下来了。"

杜湘东问："怎么说的？"

"死刑，立即执行。"

这其实是可以预料的结果，只不过杜湘东从未主动往那个方向预料过。在那个年头，仅凭盗窃一项就送了命的犯人也有不少，何况还有越狱、抢夺枪械和继续顽抗？

他再次明知故问："这么快？"

所长回答："已经不快了，要不是他的事儿还涉及另一个在逃犯，上个月就判了。这阵儿社会上乱，上面强调要发挥人民民主专政的震慑作用，专门点了几个未决犯的名，其中就有他。至于许文革，反正已经进入了通缉程序，估计也逃不了多久。"

接着向杜湘东交代任务内容：他就是个送信儿的。本来对于死刑犯，法院只需将判决书递交本人即可，并无传达到家属的义务，但出于人道主义，往往还是会安排人去告知一声。然而姚斌彬这案子又属于"从重从速"，法院对他的家庭情况并不了解，加之最近忙得不可开交，所以就把善后的事儿推回给了公安机关。假如杜湘东愿意，他可以在执行的当天去送姚斌彬一程，然后再去向姚斌彬他妈宣布结果，转述"可以外传的遗言"。而这项任务自然也有保密要求，那就是绝不能透露行刑的时间地点，以免引发意外。

领完任务，杜湘东在此后的几天就不能外出。所长却也没有再提此事，见面时还会故意聊些轻松的话题。一切如常，时间缓慢得有了凝滞感。到了出任务的那天早上，便用那辆北京212将杜湘东送到了市内一个级别更高的看守所，北京经过核准的死刑犯都关押在此。进入带电网的高墙，便看见囚车和负责行刑的武警早已严阵以待：既有神色镇定的老兵，也有面色煞白的年轻战士。人人手里握着一支上了刺刀的56式步枪，枪里只有一发子弹。这两天里，老兵一定已经对新兵进行了反复讲解以及示范，力争把那一枪打稳、打准，尤其是要克服条件反射，不能在枪响的同时先往后跳——那会造成子弹偏离心脏，就必须得朝脑袋补枪了。听说看过补枪的人，这辈子都别想再吃鸡蛋炒西红柿。

对于死亡这事儿更加缺乏经验的，则是即将承受子弹的犯人。也很奇怪，当杜湘东被带进专门看押死刑犯的"小号"时，却没听见里面传出撕心裂肺的哭叫声，也没听见"××年后又是一条好汉"之类的豪言壮语。号房静悄悄的，仿佛里面的人正在收拾精神，攒足心力，等待着去展开一段不知路在何方的远行。来到最靠里的一间囚室门口，杜湘东便看到了姚斌彬。他歪靠在墙角，也不抬头，电灯照在他半蜷的身体上，在地面投下小小的影子。

听取遗言是要隔着铁门进行的。杜湘东在栅栏外叫了一声："姚斌彬。"

姚斌彬便缓缓地扬起一张覆盖着阴影的脸，回答道："杜管教，你来了。"

声音平和，好像可以接受任何人来送他一程——这孩子算是明白叫"妈"也没用了。杜湘东硬逼着自己问："你还有什么话说？"

"没话。"姚斌彬继续平和地说，"我认罪，伏法。"

"我是说……"杜湘东把脸往外扭了扭，又转回来，"我去过你家了，你妈挺好，吃喝都不愁，邻居也挺照应她的。我也问过你们厂的领导了，说你的事儿不会妨碍她的待遇，毕竟是干了一辈子的老职工……医药费的资金也快到位了，到时第一个解决的就是她。"

说这话时，杜湘东感到自己正在进行拙劣的邀功。姚斌彬的嘴唇颤抖了起来，牙齿像发冷似的咯咯作响，一双酷似鹿类的大眼睛闪了一闪。但那眼里终究没有眼泪，过了一会儿，他才说："杜管教，我不怨你……你不必为了我这么做。"

杜湘东一震，回答道："你怨不怨我，我都得把你抓回来，也都会去看你妈。"

"谢谢您。"

"需要我给你妈带什么话吗？"

"希望她把我给忘了。"

"还有许文革……假如我能见到他，你对他有什么说的？"

"希望他比我活得长。"

说完，姚斌彬站了起来，隔着一道铁门，以齐平的高度与杜湘东对视。那一刻，杜湘东只觉得姚斌彬的神态仿佛是在什么时候见过的：似笑非笑，坦然而又悲怆。这时囚室尽头传来了浩大而威严的脚步声，杜湘东和另外几位执行同样任务的工作人员不得不向后退开，看着武警依次打开铁门，把已经验明正身的死刑犯们押了出来。今天执行枪决的共有七人，都是男的，姚斌彬的年纪最轻。

偏在这时，姚斌彬又做出了一个出人意料的举动：当他被两名武警架着往外走时，忽然身子往下一坠，滑脱了箍住胳膊的手臂。武警还以为这犯人像此前的很多犯人一样崩溃了、昏厥了，但低头一看，却见姚斌彬蹲下身，从地上捡起一根麻绳，想要捆到右脚的裤腿上去。裤腿捆绳子，这也是死刑犯特有的待遇，目的是扎紧底下的漏口，免得到时候屎尿倾泻出来。而此刻，姚斌彬居然还能察觉到麻绳松了，居然还想把它重新扎上。他的赴死是多么镇定，又是多么心思缜密。他即使死了，也不愿意遭到收尸人的嫌弃。

然而这点儿愿望实现起来又是如此困难：麻绳两次三番地被他用左手捡起来，又在捆绑的过程中从他的右手指间滑落。他有伤，右手大拇指无法起到支撑作用，只能用食指和中指勉强夹住绳头，颤颤巍巍地试图穿进左手扶稳的环扣里去。姚斌彬显现出了超然物外的专注，忘我地忙碌于这个死刑之前的小小细节。掉了又捡，捡了又掉，负责押送姚斌彬的两名战士也终于不耐烦了起来。他们也许把姚斌彬的行为视作了拖延时间或者转移注意力——都是可以理解的，但也是有限度的。他们互相使了个眼色，同时弯腰，将胳膊重新插入姚斌彬的肋下，把他拎了起来。

其中一个说："算了，时候不早了。"

这时，杜湘东便走向了姚斌彬。他蹲下身去，捡起那条死蚯蚓似的麻绳，绕到姚斌彬的裤腿上，打了两个环，拉紧。做完这件事，他站起来，与对方对视了一眼。那一刻，姚斌彬的眼神仍是平和的，但杜湘东心下悚然，两耳轰鸣。

任务则在当天就完成了。杜湘东已经想不起他是怎么赶往机械厂，怎么上楼进屋，怎么面对面地告知姚斌彬他妈姚斌彬被正法了。他也想不起那女人听说消息之后的反应：她哭叫了吗？还是无声地落泪？抑或她连眼泪也没流，木然地接受了事实？时间仿佛在云里雾里滑了过去，而杜湘东之所以头脑恍惚，是因为他长久沉浸在震惊与疑惑之中。他自诩为一个大材小用的警察，但却在最后一刻才发现，自己很可能漏掉了姚斌彬与许文革越狱案件中最为关键的细节。对于公安机关和法院而言，那也许是个无用的细节，无法挽回姚斌彬的死；但对于杜湘东本人而言，那个细节却解释了姚斌彬为什么会死。杜湘东的脑海中还长久地回旋着姚斌彬诡异的、似笑非笑的表情。这表情他曾见过两次，第一次是在逃跑事件发生的那天，当姚斌彬把枪扔到地上束手就擒的时候，第二次则是在今天。姚斌彬的表情、遗言以及所有举动都指向了杜湘东的推测——只是为时已晚。

　　然而杜湘东却不能把他的震惊与疑惑告诉姚斌彬他妈。他理智尚存，知道自己如果说了，那女人大概会疯掉。正如同他无法向姚斌彬他妈转述另一个场景：他坐着武警的军车，跟随姚斌彬赶往了刑场。那地方离市区不远，山清水秀，全然不像杀人的场所。面积不大的一圈院墙，门口的木牌只标注着"高法工程"。囚车先进，后面的军车却在墙根停下。武警方面的负责人告诉大家，他们有两个选择：一是下车走进去，目睹行刑过程；二是在外面听着，从枪声确认结果。几个送信人面面相觑，没人动弹，杜湘东也没动。于是武警就转身走了进去，关上大门。

　　过了很久，枪才响了。不是依序，而是几乎同时，那七枪里，有一枪是姚斌彬的。

　　这拨儿死刑犯的运气都不错，只响了一次，没人需要补枪。

8

此后，日子就变快了，快得像狗撵。经历了短暂的心情黯淡与惶然，在一日千里和一拥而上的本能作用之下，人们又迅速亢奋了起来。似乎只有杜湘东还在漫长地憋闷着。

憋闷遥无止境，然而有时反思，他的憋闷也和别人的亢奋一样，有着与以往那个时代不同的质地。假如一定要说出不同在哪儿，大约是从云端跌落回了地面，从抽象还原成了具体，从恢宏分解成了细碎。恰好杜湘东现在又不是个单身汉了，一切问题都必须要进行务实的考虑，因此他对于看守所管教这份儿职业的衡量，也从它能否在价值上实现自己，转移到了它能否在价钱上养活自己。但那些期望都落了空。所里的车间倒是一直在创收，但经营状况却比以前差了许多。象棋子和冰棍棍儿的市场早被雨后春笋般的私营企业瓜分殆尽，再想上新项目，又一没资金二没技术。经过所长的推荐，杜湘东本人一度也曾被列为提拔对象，但却在最后一关被卡了下来——总会有人想起他的"污点"。由于他的失误，俩犯人越狱，如今一个被枪毙了，另一个依然在逃。

杜湘东和刘芬芳的婚姻生活也说不上幸福。过去想得没错，刘芬芳嫁给他，说到底是受到了那种八十年代情绪的蛊惑——嫁给追捕持枪逃犯的英雄，这烘托了她心里的浪漫。但几年过去，英雄永无翻身之日，浪漫成了一时糊涂，因此她的忧愁也像时代一样落地了，还原了。由于交通不便和家里事儿多，现在刘芬芳仍然城里乡下两头跑，平时住在宣武门内，到了周日才坐上公共汽车来找一趟杜湘东。周末夫妻，小别重逢，按说是应该如胶似漆的，但刘芬芳往往一进门就冷着脸，略喝一口水，就开始抱怨。抱怨的内容包括她妈脑子糊涂，她爸是个甩手掌柜，她弟弟都是惹祸精，以及领导挑刺儿同事使绊儿单位的待遇越来越差，总之是抱怨自己命苦；还抱怨谁家买了吸尘器，谁家都快买车了，而她奔波几十里路却连黄"面的"都舍不得打，总之是抱怨杜湘东无能；乃至于以前从未留意过的细节也成了她抱怨的素材，比如杜湘东为什么吃饭要就辣椒酱，杜湘东为什么洗衣裳总是懒得搓干净，杜湘东为什么当初没挑靠操场的宿舍而是挑了靠农田的，所以晚上蚊子这么多——最后又都会形散神不散地归结为自己的命苦和杜湘东的无能。刘芬芳的抱怨无异于对生活的再发现，让她认识了另一个杜湘东，也让杜湘东认识了另一个刘芬芳。

　　有时听着抱怨，杜湘东就会怀疑：这还是那个爱看席慕蓉和三毛、正脸像红苹果侧脸像吉永小百合的刘芬芳吗？还是那个能说出"可惜明天又和昨天一样"的刘芬芳吗？她当然还是，或者说，现在的刘芬芳也许才是真实的刘芬芳，但从另一个意义上，杜湘东却又无法确定地感受到刘芬芳的真实。刘芬芳抱怨得太投入了，常常抱怨到周末的晚上，就没有了和杜湘东过性生活的兴致，又或者刘芬芳虽然还愿意履行那点儿责任，但杜湘东却被她抱怨得心灰意冷，从社会性的无能进入了生物性的无能，只好放弃了和刘芬芳过性生活的机会。一个难得能挨上肉的老婆，其真实性当然大打折扣。

不知是不是由于这个原因，他们几年都没怀上孩子。对于这个情况，身边的人都直接或隐晦地表示过关心。比如所长就提醒过他，系统内将来还是有可能再分一次房的，到时候有孩子的职工能够"加两分"；再比如老吴还怂恿他到医院挂个号，揣着本《大众电影》"到显微镜底下撸一管"。刘芬芳自然也把孩子问题列为抱怨的保留项目。但杜湘东却对此不甚上心，不仅不上心，有时还暗自感到几分庆幸。说来也是，以目前的条件，有了孩子又该怎么养、在哪儿养呢？再者，没有孩子尚且如此，一旦因为孩子而疼过累过，天知道刘芬芳还会生发出多少绵延不绝的抱怨，那样的话，杜湘东的脑袋就别想清静了，心情也别想踏实了。他现在觉得脑袋清静和心情踏实也成了一种奢侈。

在如今，他能够获得清静与踏实的地方，只有姚斌彬家。

隔一阵子就去看看姚斌彬他妈，这个习惯居然坚持了下来。本来杜湘东以为，通报了死刑的结果，他就没必要也没脸再登门了，但把他拽回去的却是一些琐事：姚斌彬他妈还能从医院里拿出药吗？家属区统一不让生炉子了，谁给她把煤气罐扛上楼呢？邻居们忙的越来越忙活，闲下来的越来越气儿不顺，还能找到人帮她买菜、换衣服和上厕所吗？这些琐事意义重大，假如得不到解决，姚斌彬他妈就有可能病死、饿死、臭死。

于是杜湘东就去。去了先干活儿，俩人再说会儿话。这时也不说姚斌彬了，更不说许文革，聊的都是身边的近况。厂里也开始推行"厂内待业"和"两不找"了，厂长和书记家的窗户都被工人砸了，砸了再装，再装再砸，到最后索性不装了，全家裹了大衣敞着睡。还有些脑袋活络的人，不知怎么就富了起来，从郊外搬到了城里的新房。《新闻和报纸摘要》的口音没变吧？如今怎么广播里都是港台腔，哇哇哇，听取"哇"声一片。直说到太阳偏西，日光倾斜，姚斌彬他妈还在榫卯结构的木桌前静坐着，一条右腿无知无觉地抵着桌腿。她面色漠然，声音缓慢，眼神里却含着一丝不知从何而来的温柔。有时杜湘东觉得，这是一个孤立于时间之外的女人，屋外的那些事儿都与她无关，也就是个谈资罢了。然而时间到底还是给这女人留下了印记：她的头发大片地灰白了，远看像野火燎过的枯草；她的皱纹越发深刻，从眼角蔓延到了额头；她的两腮凹陷，牙齿岌岌可危，随时有自行脱落的风险。但还有时，杜湘东会恍惚觉得对面坐的是姚斌彬。这对母子太相像了，从长相到性格都像，如果姚斌彬能活到老，大概也是这般模样。

几年来，时不时有通缉犯落网的新闻，有些听起来简直像是传奇。比如有个悍匪改名更姓和一个女警察结了婚，最后是被老婆在床上铐起来的。再比如有个贼头儿到外国整了容，又偷渡回来想看一眼孩子，结果孩子不认识他，大喊家里有小偷，就被街坊四邻逮了个正着。而在一次又一次"清网"之后，许文革仍然音信全无。对于逃犯来说，这才是真正的传奇。他是怎么躲过那些"雪亮的眼睛"的？他如果离开了北京，又辗转去过哪些地方？难道他已经死了吗？这些悬念的谜底被揭开一角，还是经由姚斌彬他妈。

时间是在越狱事件之后的第六年，也是一个春天。礼拜六的晚上，杜湘东回到宿舍，还没进屋就见灯亮着。打开门，刘芬芳已经坐在屋里。当时还没改成"双休日"，所以刘芬芳来找他，大都是在周日白天，再加上安顿她父母以及坐车倒车，赶到郊县往往是下午了。今天怎么提前了？杜湘东心里一紧，他想，刘芬芳该不会也被分流待岗了吧。食品公司的效益这两年同样不好，好多冷库都转包给了外企。然而再一细看，刘芬芳的情绪似乎还不错，不仅挂着笑模样，而且还做好了饭。桌上摆了一只砂锅，砂锅里热腾腾地漂浮着猪下水——大概又是从单位里"顺"的。这也是她一直保持的好习惯，只不过以前不大好意思明目张胆，觉得与席慕蓉和三毛的意境不太吻合，而这两年就理直气壮了起来。

刘芬芳朝他一笑："先吃，吃完有事儿跟你商量。"

杜湘东还含糊着："要不先商量吧。"

刘芬芳说："不吃就凉了。你急什么，反正不是坏事。"

说完抄起勺子，给他盛下水。俩人就吃，吃时刘芬芳也没开展抱怨，笑吟吟地继续卖关子。等吃完，都有些肉醉，进而又有了肉欲，于是早早上床，先过了一回性生活。过时刘芬芳侧着脸，用仍然还有点儿像吉永小百合的那个角度朝向杜湘东，所以杜湘东就很激动，他觉得刘芬芳终究还是恋着他的。

并排躺了会儿，杜湘东才问："到底商量什么？"

刘芬芳就说："我二姐从南方回来了。她那个德国公司在北京设了办事处，让她来当人事的头儿。在外面漂了些年，她好歹还算有点儿人心，想补偿家里，尤其是想补偿我，所以就问到了你。她说如果你愿意过去，可以干个物流部的小组长，工作也简单，带着人到码头点货收货，再把东西送给北京的二级代理商就行。她还说你有学历，人也踏实，他们公司又在扩大规模，过不了几年保证升职。"

杜湘东又含糊了："你是说让我辞职？"

刘芬芳说："我已经替你——替咱们算计过了，你在看守所待着，什么时候是头啊？再熬几年就真熬老了，老了再后悔就晚了。还不如趁早过去，工资翻番儿不说，他们还给租城里的公寓。当初没解决的问题，这不就全不是问题了吗？"

杜湘东更含糊了："辞职不就得脱警服吗？"

刘芬芳进而咯咯笑了："铁饭碗不如金饭碗，何况你这还是个破饭碗。脱就脱呗。"

她说得既果断又轻松，而杜湘东实在没法儿反驳她。这些年来，可以说是他拖累了刘芬芳，把她拖累成了一个爱抱怨的妇女，现在是人家刘芬芳给他指了条明道儿，他好像只有感恩戴德的资格。但他也明白，刘芬芳嘴里的脱警服，和他所说的脱警服内涵又不相同。对于刘芬芳，那就是树挪死人挪活这么简单，对于杜湘东，却还意味着别的东西。

所以杜湘东说："让我琢磨琢磨？"

"有什么可琢磨的，你在这地方的气还没受够啊？"

"还是得琢磨。"

打着琢磨的名义拖过一夜，第二天，刘芬芳的脸色就变了。她的决策没有得到杜湘东的热烈响应，这让她感到他不识好歹，于是重新回到了抱怨的轨道上。抱怨的内容则紧紧围绕着杜湘东在看守所的穷、远和得不到提拔这一系列现状。说的都是事实，所以杜湘东理亏，不能回嘴。而刘芬芳又变本加厉，摔摔打打起来，最后指着杜湘东的鼻子逼问："给句话行不行，你还是男的吗？"

　　杜湘东不但给不了一句话，甚而披上一件便装逃了出去。老婆一个礼拜才来一次，他却落荒而走，这要让所里的同事看见，谁知道他们会联想到什么。所以杜湘东贴着墙根，像尿急似的一路小跑出了看守所，来到那条荒凉的土路上。脑子还乱着，他只想清静一点儿，踏实一点儿。哪里才有清静和踏实呢？于是便坐上车，往姚斌彬家里来。

　　进门打声招呼，照旧扫地做饭。杜湘东从不在周末来，但姚斌彬他妈几乎连楼也不下，时间概念早已淡漠，所以也没多问。刚把粥摆上桌，却听见楼下嘀嘀按喇叭，还有人喊："各家取信取包裹了啊。"然后嚷嚷一串人名。原来是邮局的车来了。如今郊区的邮政条件也有所改善，不用邮递员骑着"二八"自行车走村串巷了，换成了韭菜绿的微型面包车。不过仍是每周才来一趟，并且不管送信上门，只能下去自领。早先调查许文革的行踪时，刑警方面还专门问过邮局，得到的答复是姚斌彬家与外界并无信件往来。但此时他们正喝着粥，就听见邮递员扯着嗓子又喊："崔丽珍，崔丽珍在不在？不在我可走啦。"

　　楼下还有人对邮递员解释："您再等会儿，她腿脚不灵便。"

　　杜湘东抬头和女人对视一眼，说："您歇着，我去。"

　　说着拉开书桌抽屉，拿了证件。平时姚斌彬他妈上医院取药和到厂里领补助，只要赶上杜湘东在，也常由他代劳，所以放证件的地方他也熟。杜湘东三步两步下楼，对已经很不耐烦的邮递员出示了两人的身份证，说明"代领"，便从人家手里接过了一张汇款单。汇款人写着叫"刘春粟"，汇款地址是山西某县某乡邮局，汇款金额是三千块钱。

杜湘东的脑子便"嗡"了一声。他竭力平复呼吸，掏出警察证，在对方眼前一晃："特殊情况，崔丽珍有汇款这事儿，别再告诉别人，明白了吗？"

对方的脸就白了，忙不迭地点头。杜湘东转身回去，以镇定的姿态上楼，来到姚斌彬家门前，听见自己的心跳似乎过于响亮，又闭眼喘了两口长气，这才推门进屋。

然后，他对姚斌彬他妈笑道："他们看错了，不是找您的。厂子里还有别人姓崔吧？"

女人似乎凝视了他片刻，又似乎随口应道："哦。"

也不知这个谎话编得圆不圆，但杜湘东背上已经冒出了冷汗。他还得装得没事儿人似的，继续吃饭、洗碗、有一搭没一搭地说闲话。这个中午仿佛比任何一个中午都要缓慢，直熬到两点多钟，姚斌彬他妈要午睡了，他才起身告辞。

出了筒子楼，杜湘东两腿裹风，奔向最近的公用电话。他是要打给刑警队的同学。以前来姚斌彬家，契机是同学交代了一个任务，所以那时候，他总得时不常地就这个任务的进展情况做一下汇报。过了这么久，案子成了悬案，同学也从警员升了探长，双方汇报和听取汇报的兴致便渐渐地淡了下去，尤其这两年，几乎音信不通了。说到底，他们的性格还是有点儿"犯冲"，交流时说不出地别扭。然而今天这张汇款单却让杜湘东重新想起了那个任务，他必须得找人商量对策了。

刑警队周末也有人值班，但电话打到办公室，同学却不在。杜湘东便又打同学的传呼，号码还是刚普及BP机的时候对方给的。挂了电话就蹲在马路牙子上，那副样子像个焦急地等着领工资的农民工。来来往往又有人打电话，一旦占用得稍微长点儿，杜湘东就心急，却又不好催人家。直等了将近一个小时，电话才响起来。

同学还是傲慢的语调，和当年一样："你找我？少见呀。"

杜湘东没顾得上客气，低声说："那事儿有消息了。"

"哪事儿？"

"还能哪事儿，许文革呀。"

"哦哦，许文革。"同学俨然已经忘了，在杜湘东的提醒下才想起来，却又显得不大相信，"一直没消息，怎么会突然就有了呢？"

杜湘东便把情况说了。他分析，姚斌彬他妈常年独居，除了和他自己，并未与机械厂以外的人有过联系，那么有谁会专门给她汇款，而且还不是一笔小钱呢？极有可能是在逃的许文革。又从汇款的时间和地点上推测，如果真是许文革，那么他目前八成还流窜在山西省大同地区，定位具体到乡镇一级。说这话时，杜湘东嗓音颤抖，伴随着咳嗽，仿佛被"逃犯""流窜"等字眼儿呛着了。

没等他理顺调门儿，同学就截断了他："知道了。"

那种轻描淡写的口气让杜湘东有点儿犯蒙。他追问："你们准备怎么办？"

"照章办。我会把你的线索转到'追逃办'，再由他们那边联系当地公安局。"

杜湘东叫起来："那怎么行？别人不知道你还不知道吗？许文革比一般逃犯有脑子，反侦查能力极强，所以才会通缉了这么多年都没抓到。而且基层的警力、装备都和北京比不了，说句不好听的，办案也没那么专业，如果这事儿还走常规程序，没准儿又会让犯人跑掉。跑了再抓可就难了。"

同学反问："那你说怎么办？"

杜湘东说："当然是从北京派人，最好你带队，立即去。到了地方先暗中排查，如果许文革还没来得及往别处流窜，应该能摸清他的踪迹。到那时候也不能急，得慢慢收网，还得多做几种预案，必要的时候再要求其他部门配合……"

"哟，你也知道人跑了就难抓了呀。"同学不满于杜湘东越俎代庖的态度，阴阳怪气地"刺儿"了一句。随后叹了一声，话竟说得难得地诚恳了起来："可你知不知道我们现在是什么工作状态，知不知道许文革那案子之后北京又出了多少事儿多大的事儿？就拿眼巴前的来说，前两天的报纸你也看了吧？七个外地女孩儿住在一套单元房里，一夜之间全让人捅死了，血都流到楼下邻居家里了，肠子绞在一块儿都分不清楚哪段儿是哪个人的了。为了这案子，我已经带人在大兴蹲了半个月，两天两宿都没合过眼——我们哪儿有人手奔到外地明察暗访？哪儿有功夫兴师动众地对付一个几年没音信的许文革？况且现在还不确定那到底是不是许文革，你不也只说了'可能是'吗？"

"那这陈年旧案就没人管了？"

同学嗳嚅了一下："我要再说什么'天网恢恢'那是糊弄你，咱们警察跟警察之间，就别来那一套了。我只希望你能理解我们——时过境迁，这世道变得太快。姚斌彬和许文革那案子，主管领导早调走了，案子的意义也跟当年不一样了。当年有当年的重中之重，现在有现在的当务之急。人都活在现在，能顾得上的也只有现在，对吧？"

"……对。"

"那我先忙，有事儿再联系。"

杜湘东挂了电话，木然半晌，突然朝面前的砖墙擂了一拳。墙纹丝不动，手却戳得生疼。

然后，他脸色阴沉地坐车回家，到家时已近傍晚，宿舍楼都亮着灯，只有他家黑着。他本以为刘芬芳负气走了，"回北京"了，但开门进去，却见她还在，只是歪在床上不理人。俩人也没了做饭的兴致，到食堂随便打一口吃了，又发了会子闷，说声"睡吧"，就铺床躺了上去。躺着什么也不干，各自望向深邃的天花板。发呆很久，刘芬芳才开了口："琢磨得怎么样了？"

说的还是辞职的事儿。杜湘东实事求是地回答："没怎么琢磨。"

刘芬芳说："那你想什么去了？这都一天了。"

杜湘东说："想个案子。"

刘芬芳说："什么案子？"

杜湘东说："好多年前，那俩犯人逃跑的案子。"

刘芬芳便沉默。片刻又说："那案子我记得。跑了俩，你追回来一个带枪的。你当时知不知道他带着枪？"

杜湘东说："知道。枪丢了，我只能先追那个带枪的。"

刘芬芳说："你没想过可能会牺牲？"

杜湘东说："当时那么急，哪儿想得到这个。"

刘芬芳说："那你就没想到我？"

杜湘东说："那时你不都要跟我掰了嘛。"

刘芬芳就扑哧一笑。她已经很久没扑哧一笑了，在黑暗中，杜湘东仿佛看到了她的正脸像红苹果，侧脸有几分像吉永小百合。笑完她又说："你也算对得起这身警服了。辞不辞职，现在你得给我个说法。我二姐说了，他们那边急，时间不等人。"

杜湘东便也沉默。片刻道："不去了。我干不了别的。"

说这话时，杜湘东似乎并不为难，然而话刚出口，心里还是一痛：这意味着他失去了一个"机会"，也意味着他和刘芬芳还得无限期地穷着、分居着。他又想起了下午与刑警同学的对话。人家不仅是在解释案子跟踪不下去的原因，更相当于在世界观的层面上启迪他，教育他。人都活在现在，能顾得上的也只有现在。而"现在"又是一个飞驰的、稍纵即逝的概念，一旦被甩下，就可能永远也抓不住它了。这个道理同学懂，刘芬芳懂，他们这个时代的所有人几乎都懂，好像只有杜湘东一个人不懂似的。

然而心里的坎儿终究迈不过去。杜湘东的思绪飘浮，又回到了多年以前的另一个下午。在那天，姚斌彬入土为安。一个大活人被抓进去，回来的只有一捧骨灰，装在最便宜的骨灰盒里。盒儿上没镶照片，连名字都刻得浮皮潦草的，墓地也不是正经公墓，而是厂里找旁边村子说了说，在田埂之间起了个坟头。街坊四邻帮着挖了个坑，搀扶着姚斌彬他妈把骨灰盒放进去，七手八脚地填满土，再立上一块仅注明生卒年份的水泥碑。姚斌彬，生于一九六八，死于一九八九，年二十一。安顿停当，众人便散去，只留下杜湘东站在女人身后。

母亲呆看着儿子的新坟。刚入土的人，按理是该祭一祭的，姚斌彬他妈却没带着水果点心。她半趴半跪，在坟前伏了片刻，然后从怀里摸出一沓纸来，划了根火柴将它们点燃。日光明媚，看不见火，只有一条黑色的痕迹在纸上不紧不慢地啃食。杜湘东往前跨了半步，这才发现那些纸他曾经见过，是厂里给打的医药费欠条，都盖着大红章。但他却像被慑住了似的，只是静默旁观，并未上前阻止。姚斌彬挣的外快都变成了欠条，现在把欠条烧给他，这里面似乎蕴含着不可言喻的公道。然而随之而来的一个念头却让杜湘东心惊胆战：把旧账一笔勾销，这是否也说明姚斌彬他妈不想活了？

杜湘东想叫女人一声，却张不开嘴。

姚斌彬他妈倒像猜到了他的心思，回头笑了："杜管教，你放心，姚斌彬是为我死的，我就算是为了他也得活着。"

于是她活到了今天。想到这里，杜湘东的心便安宁下来，像深不见底的夜空。愧疚感还是存在的，说一千道一万，只是苦了刘芬芳。而令他纳闷的是，当他已经做好准备承受刘芬芳的抱怨乃至咒骂时，刘芬芳偏又不作声了。她静静地躺在他身边，与他保持着谨慎的距离，连呼吸都是若有若无的。她睡着了吗？当然没有。她正在和他一样睁眼看天。

俩人干巴巴地躺了一宿。天快亮了，刘芬芳的语言能力才得以恢复。她说："杜湘东，你还不如那俩犯人。犯人还知道跑，你连跑都不敢跑。"

借着东方既白的微亮，杜湘东瞥向刘芬芳。她的枕巾湿了一片，眼肿得像个桃子。

9

那天中午送走刘芬芳以后，杜湘东出了趟远门。

他对单位编造的理由是"姨病危甥速归"，所长批得很痛快，就连他妈到底有没有姐妹都并未深究。揣着假条回办公室，他本想找老吴交代几句，可是老吴不在，大概溜到哪儿去闲逛了，要不又在偷着喝酒。杜湘东只好在工作日志上留了个言，然后拎起行李准备动身。还没出门，电话响了。这两年看守所的通信条件有所改善，各部门都装了座机，不用大喇叭喊人了。杜湘东拿起听筒，打来电话的是他的刑警同学。听到那个略显傲慢又略显疲惫的声音，杜湘东却并不感到意外，好像早料到同学会唱上这么一出似的。

同学劈头就问："杜湘东，你还在北京呀？"

杜湘东就笑了，告诉同学："正准备出门。"

"去大同？"

"对。"

同学"哼"了一声，仿佛也早料到了杜湘东要唱哪一出，接着道："幸亏这个电话打得及时……我只问一句，你非得去吗？"

杜湘东继续笑道："假都开好了，也不能浪费呀。"

同学又"哼"一声："你要不是这个脾气，咱们当初也不会较劲。那行，就看在较过劲的分儿上，我索性再为你犯一回忌。你到了地方，先去找个人，这人办案子也是老手，以前查一起跨省抢劫案的时候，我跟他共过事儿。"

说着强令杜湘东拿出纸笔，记录要找的人的地址电话。杜湘东听完，先诧异了一下："怎么就是个交管局收发室的接待员？"在警察的序列里，这种身份简直比看守所管教还不如。同学解释，其实此人过去也是刑警，只不过前两年"摊上点儿事"，就被冷处理了，"再说你又不是领了钦命出京暗访，难道还得给你找两特警当跟班儿吗？也不掂量掂量自己的斤两。总之有个地头蛇带着，要比一个人瞎跑乱撞强得多"。

同学气呼呼的，充满了不耐烦。但听着他夹枪带棒的贬损，杜湘东心里却是一暖。有时越是关系别扭的人，反而越比朋友懂得自己。带着对刑警同学的感念，以及对那位并不存在的姨的内疚，他在郊县的车站上了火车。车厢里人满为患，充斥着霉味儿、屁味儿和烧鸡味儿，颠簸了半个白天外加一个晚上，凌晨才抵达大同。杜湘东几乎一夜没睡，但也不敢歇脚，立刻去给同学介绍的人打电话。和所有单位的传达室一样，那里值班的也是一个老头儿。而此地人虽然也说北方话，口音却含混不清，说不明白就反问："咋？"

人家"咋"，他也"咋"，好容易讲清来意，老头儿说他要找的人还没上班，让他等着。杜湘东便再三强调自己就在火车站的钟楼下，然后撂下背包，盘腿一坐。这一坐，困劲儿便泛滥上来，令人支撑不住，不知不觉迷糊了一觉。睡也睡不踏实，如同被吊在了钟摆上，一会儿滑到亮的地方，一会儿滑到暗的地方。他能够清晰地听见候车厅里有人大喊大叫，大概是丢了东西；断断续续地又做了个奇怪的梦，梦见自己才是逃犯，正在慌不择路地躲避追捕。将这两种意象拼在一处，却又衍生出了新的意象——那是小时候听过的一个笑话，讲的是一个捕快押着犯了事的和尚去见官，路上和尚跑了，临走前还把捕快剃了个光头。捕快醒来，总觉得少了点儿什么，摸摸行李，棍棒牒文都在，那么和尚呢？一摸脑袋，原来和尚在这里。可他又想：既然和尚在，"我"又去哪儿了？

哦，原来"我"就是和尚。捕快想。

这得是个多笨的捕快啊。警察杜湘东想。

最后，他居然是被这个念头给笑醒的。睁开眼，心下若有所失，几乎下意识地想摸一摸自己的头。再仰望头顶的大钟，已经过了中午十一点，要等的人却还没有出现，杜湘东就急躁起来。难道同学托付的人并不靠谱？正在嗑牙花子，面前就晃出一个人来，长得瘦而高，红脸驼背，一身警服脏兮兮的，好像一只蹦跶在土里的大虾米。大虾米般的警察不紧不慢地与杜湘东核对身份，然后绽开了一个热情的笑容，脸像干旱的土地咔然开裂："北京同志，您不用到得那么早，坐下午那趟车也是一样的。"

杜湘东按捺不住愠怒："你们几点上班？"

大虾米般的警察坦然地回答："他们八点，我不固定。"

说完就带杜湘东去吃饭，吃的是一种名叫"栲栳栳"的面食：将莜面盘成细密的卷儿，放在笼屉上蒸熟，再佐以三四种汤料蘸着吃。从早上就水米没打牙，杜湘东已经饿坏了，狼吞虎咽地送下去几笼。然后他略喘几口气，催着赶紧动身。

大虾米般的警察问："去哪儿？"

杜湘东说："当然是镇上。我看过地图，那里离城里还有二百多公里……"

大虾米般的警察又问："到镇上干吗？"

杜湘东差点儿又急了："我手里有个汇款单，汇款地址是……"

大虾米般的警察打断他："你要找个刘春粟对吧？这我知道，另一个北京同志已经讲过了。既然有汇款单，就得先到邮局核查一下，不过你以为乡下的邮局说查就给你查？你有介绍信吗？你有搜查证吗？现在基层办案也讲规范，或者说，只要人家嫌麻烦，就可以拿这些规范把你挡回去。所以这事还得在城里办。"

"那就办呀。"杜湘东说。

"你还真急。"大虾米般的警察又是一笑。

杜湘东坚持付账，大虾米般的警察也不推辞，片刻领他出了饭铺，前往市中心的邮电局。坐在出租车上看着街景，杜湘东总结出了这座城市的两个特征：其一是几乎没有树，大街上光秃秃的，袒露着赤裸的地面；其二是洗澡的地方多，大小澡堂遥相呼应，掩藏着赤裸的男女。不多时进了邮电局，径直去办事大厅后面的办公室，由大虾米般的警察出面和一个干部交涉。双方明显认识，口音都像舌头底下压了个鸡蛋，只有一个"咋"说得清晰而嘹亮。喷喷有声半响，干部虽然面露难色，但还是给镇邮电所打了个电话，请那边的办事员协助"处理一下"。在电话里，镇上的邮政人员表示，底单倒是有，查也能查，只不过查起来颇费时间。杜湘东他们只好等着，大虾米般的警察便熟门熟路地沏茶倒水，和干部聊天扯淡。耗了一会儿，他又转头问杜湘东，反正等着也是等着，要不要找个洗澡的地方搓一搓去。

干部也附和："是呀，越往下面效率越低，不知道什么时候有回音。"

杜湘东坚决地说："我是来办事的，又不是来洗澡的。"

这种态度几乎是故意做给大虾米般的警察看的。后者只好又让干部给镇邮电所打电话，再次敦促，以示郑重。杜湘东几乎能想象那个倒霉的办事员叫苦不迭的模样，但却又怀疑人家压根儿没理他们这茬儿。就这样，足足等了两个小时有余，电话总算响了。抢在邮政干部和大虾米般的警察之前，杜湘东一把抓过电话。

果然是镇邮电所的办事员："找着了，还真有个刘春粟。"

杜湘东心头一亮，问："身份证显示是哪里人？"

办事员说："河南新乡。"

杜湘东又问："这个刘春粟长什么样，是不是大高个儿，有棱有角的？"

办事员苦笑道："您这就为难我了，我是管寄信的，又不是管相面的。自从私营老板到我们这里开了煤矿，来汇款的矿工特别多，我怎么可能每个都记清楚。"

"你确定他是矿工？"

"我们这地方鸟不拉屎，除了矿上，哪还有别处招工。"

"煤矿离镇上远吗？"

"说远也不远，望山跑死马，而且不通车。"

杜湘东不厌其烦，接着打听煤矿的基本情况，诸如老板是谁、雇了多少人和作息时间等。办事员的耐心终于被耗尽，大概又有人过来办事，浮皮潦草地搪塞两句，"咣"的一声就挂了电话。带着几分踌躇满志的神色，杜湘东转过头来，把大虾米般的警察拉到屋外。他宣布立刻动身，前往矿上，而对方如果嫌远嫌累，那就大可不必跟他同行了。反正帮他找到这条线索，也算履行了同学所托。

大虾米般的警察却又笑了："北京同志，你怎么去？"

"当然是坐长途车……到了镇上再想办法，找不到车就走着去。"

"真有劲头。那么到了矿上，你又打算怎么办？"

这就让杜湘东含糊了。如果前往的是国营煤矿，他可以像当初在六机厂一样联系保卫科，再对矿上的工人展开排查，但私营煤矿却是另一套架构，在雇佣与被雇佣的关系中，下面的人只对老板负责，跟他这种"吃官儿饭的"并不在同一条战线。又早就听说开矿的人常和"黑道儿"有瓜葛，万一有了摩擦，他可没有三言两语唬住对方的把握。

于是他只好说："走一步算一步。"

大虾米般的警察挤了挤眼："走一步算一步，那就是没计划。咱们都是当警察的，你的水平肯定比我高，应该知道行动之前最怕没计划。你着急我理解，但万一出了差池，事情办得成办不成另说，要是让你这个北京同志面临危险，我们地方上的可担不起责任。"

话说得虽然软，却像个老警察在教诲后辈。杜湘东反问："这么说你有计划？"

"帮人总得帮到底嘛。"

"你打算怎么办？"

"据我所知，开矿的老板平时不去矿上，他们不是在大同就是在省里，就连住在北京的都有。所以咱们还是先洗澡吧，边洗边找人聊聊。"

几乎连哄带诳，杜湘东被对方拉上了出租车，三拐两拐，不多时开进一家不仅在大同，就是在北京也称得上豪华的宾馆院内。主楼侧面开着一家洗浴城，车停在旋转门前，早有服务员上前鞠躬。跟着大虾米般的警察走进大堂，杜湘东看了一眼价目表，正在暗自掂量身上的现金够不够支付两张门票，大虾米般的警察却相当轻浮地对一个穿黑西装、经理模样的女人吹了声口哨，那女人就笑着迎上来，打了个哈哈又对后面喊："贵宾两位。"

可见大虾米般的警察对这里熟门熟路，熟到了穿着警服进来也大摇大摆的地步。而他不避讳，人家却避讳，里面的服务员送了浴衣过来："您赶紧换上，要不都不方便。"

大虾米般的警察一瞪眼："我今天又不是来扫黄的。"

说完笑嘻嘻地脱了个精光，喊杜湘东一起进去。杜湘东却摇头，径自坐在了长条沙发上。他也不是恪守"一针一线"之类的原则，而是想着既然来这儿也和行动有关，既然行动就有出现突发状况的可能，那么他可不愿意赤裸着应对状况。难道线人跑了，他也得光着追到街上去吗？而大虾米般的警察也不多劝，似乎嗤笑两声，搭了条毛巾就进去了。休息室隔壁的浴池哗哗流水，还伴随着噼里啪啦的敲背声，几个男人舒服得直哼哼。杜湘东穿着便服坐在弥漫的蒸汽里，越发感到坐了一夜火车的脏、累和浑身别扭。但他也只能坐着。

片刻，就有一个满胳膊刺青、挂了条金链子的汉子急匆匆地从里往外跑，后面传来了大虾米般的警察的暴喝："敢跑就别让我再见着你。"

吼得声如洪钟，四面八方都是回音。杜湘东条件反射地跳起来，却见金链汉子原地定住，脸上浮现出半哭半笑的表情，慢慢转身，夹着屁股走了回去。浴池仍然哗哗流水，噼里啪啦乱响，几个男人直哼哼。一会儿，大虾米般的警察走出来，腰间扎条浴巾，手里还拿着一部砖头似的大哥大。他已经被搓得浑身又红又亮，这时就不像一只在土里蹦跶的大虾米，而像一只刚出锅的大虾米了。他对杜湘东说："问清煤矿是谁开的了。也挺巧，那人就在大同，晚上还要在这里招待客人，咱们等着就行。"

说完穿上裤衩，披上浴衣，招呼服务员到楼上开个房间。楼上又是另一番天地：灯光是粉红的，窄小的走廊铺着地毯，两侧排列着十几个紧闭的房门，门里也传出噼里啪啦的声音，但就不只是男人在哼哼了。身处这样的环境，杜湘东自然觉得不自在，不自在却又来自某种难言的躁动，于是只好用加倍的刻板和严肃来对抗躁动。好在服务员也算识相，进屋以后并没给他们推荐什么"服务"，只是端来了满满一托盘啤酒、饮料和点心。大虾米般的警察开吃开喝，间或耳朵贴墙，听隔壁房间的动静，还给人加油："使劲，使劲。"然后又拿起大哥大，开始打电话，拨的都是长途，不是陕西的战友就是内蒙古的同行。通话内容主要是感谢人家的帮忙：说他虽然被"靠边站"，但托大家的福，总算没有丢掉公职；又说老婆在太原过得挺好，女儿还进了省里的重点学校。碎碎叨叨，颠三倒四。

聊够了，递给杜湘东："你也给家打一个？免费的。"

杜湘东又摇头。他并没有告诉刘芬芳自己出门了，所以不知道该和她说什么，更不知道该在这种地方和她说什么。枯坐着更加难受，只好打开房间里的电视。却没有中央台和地方台，只有宾馆的闭路，放的香港三级片，大概是助兴之用。今天这部偏巧是破案题材，讲的是一皇家警察正在调查一起连环强奸案。

杜湘东惊异于自己居然把这部片子看完了。刚开始，他本来是想立刻把电视关掉的，但又不愿让大虾米般的警察嘲笑自己"太嫩"，于是只好开着；然而瞥了几眼，就情不自禁地被吸引了，甚而身体还有了比较强烈的反应，暴露了他确实"太嫩"。他只好侧了侧身子，扯过被角盖住大腿。而俩男人分坐在双人床的两端，沉默地、目不转睛地看着黄色录像，这个景象实在有些荒谬。好在没过一会儿，电话响了，大哥大的主人，就是那个戴金链的线人通知他们，煤矿老板已经洗浴完毕，上三楼了。

大虾米般的警察立刻弹起来，杜湘东也起身，一对临时结成的搭档挺着硬邦邦的下体，气宇轩昂地展开行动。他们穿过走廊，对楼梯口的服务员做了个"封口"的手势，然后三步并作两步爬楼梯上去。三楼与二楼又有不同：一个宽阔的、空空荡荡的大厅灯火辉煌，中间有张八仙桌，已经摆了几样凉菜。大厅尽头紧闭着一扇雕花仿古双开木门。无疑，要找的人就在里面。走到门前，大虾米般的警察低声说："该下狠手就下狠手，那是个老油条，先得把他镇住。"

说这话时，全没了方才的懒散，眼里还流出一丝杀气。这神态令杜湘东心里一惊，接着就见大虾米般的警察退后两步，道袍似的浴衣底下伸出一条白腿，一脚踹脱了门锁。大门打开的那一瞬间，杜湘东还在预估着里面的景象，他以为那会是一幅由大块厚实的肉罗列叠加而成的抽象画，五个六个八个十个赤裸的女人正在跳舞、蠕动和打滚儿。为什么想象得这样真切？大约是刚才那部录像还在影响着他的潜意识。然而豁然开朗之后，场面却是如此安静、雅致、悠闲：一间大得像个会议室的包间，装修得古香古色，还焚着一炉幽幽的檀香；居中的硬木条案上摆着一套工夫茶具，一个戴眼镜的男人正给一个秃顶男人斟茶。

看见杜湘东他们进来，屋里的两个男人并不惊慌。秃顶男人把屁股往边上挪了挪，两手在胸前一抱，抬头看天，一副事不关己的模样。戴眼镜的男人低喝了一声："人呢？"

人就从大门里侧的一扇小门里拥了出来，五六条汉子，都穿着清一色的黑西服。凭着听声辨位的本能，杜湘东拧了下身子，让朝他来的那条汉子扑了个空，然后是一系列更加本能的技术运用：脚下使绊儿将其放倒，凌空扣住对方手腕，顺势一掰一扭，猪腿般粗壮的胳膊就脱了臼。这种人身上都是带着凶器的吧，往腰间一摸，果然搜出一柄匕首——他反手握住，却不顾及身边的其他人，几步冲过包间，一个腾跃跨过条案，一把按住戴眼镜的男人的肩膀，刀尖顶在他脖颈的大动脉上。

一气呵成，只用了不到五秒钟。此时的形势就变成了：一条汉子趴在地板上疼得直抽搐，围拢在门口的另几条汉子投鼠忌器地望着杜湘东，动也不敢再动。痛快，说不出的痛快。多年过去，他依然是一身本事一身胆量，只可惜实战的机会来得太晚。杜湘东几乎想要照搬警匪片里的那句台词了：你有权保持沉默，但你所说的每一句话都将成为呈堂证供。

但话却轮不着他说。大虾米般的警察吼出一句更加俗套的台词："都他妈别动，警察。"说完像周润发整理风衣一样抖了抖肉隐肉现的浴衣，过去一屁股坐在了沙发上，伸手揽住戴眼镜的男人的肩膀。后者长得斯斯文文的，看起来像个中学教师，身处刀锋之下却连眼都不眨，还从桌上抽了几张餐巾纸，仔细把溅出来的茶水擦干净了。可见类似的场面，人家司空见惯。当然，茶是没必要再喝了，他僵着脖子，朝秃顶男人拱了拱手："王局，对不住，咱们改天再谈。"

秃顶男人不动，征询地望向大虾米般的警察："真是警察？我什么也没干，就喝了口茶。"

大虾米般的警察说："您茶都没喝。我们不是找您的，也没看见您。"

秃顶男人这才起身，对戴眼镜的男人撇下一句："再有这种事，我可不敢跟你谈了。"

说完不看人，迈着方步往外就走。这又是哪个级别哪个机关的领导呢？杜湘东却明白，还是别管那么多的好。他来，是为了许文革，没必要再生枝节。而秃顶男人留下的话却让戴眼镜的男人脸上挂不住了，他相当有气魄地拍了下大腿，对大虾米般的警察说："你们是市局的还是省厅的？别管是哪儿的，我都认识……"

大虾米般的警察打断他："不是我找你。这位是北京的。"

戴眼镜的男人这才看向杜湘东，"唔"了一声，挥了挥手，让黑西服汉子们退出去，把地上的那个也拖了出去，然后用两根手指敲敲刀背："有事说事吧。"

杜湘东便放下刀，和大虾米般的警察一左一右夹着这人，先问清镇上的煤矿确实是他开的，然后表示他们只是想到矿上寻个人。戴眼镜的男人问找什么人，杜湘东略微迟疑，和大虾米般的警察交换了一下眼神，说出了"刘春粟"三个字。

戴眼镜的男人一愣："他们家人把事情捅到北京了？还有完没完？我不是给钱了吗？"

说得杜湘东也一愣："你知道有个刘春粟？"

戴眼镜的男人说："当然知道，这人死了。不死我哪里记得他。"

杜湘东又一哆嗦："死了？什么时候死的？怎么死的？"

戴眼镜的男人说："两个月以前。塌方了，压在井下了。"

然后这人的表情反而坦然了，轻松了。他站起来，舒活了一下筋骨，接着侧过身去，从沙发背后拿出一只皮包来，又从里面掏出两捆钱，敦敦实实地摔在桌面上。刚从银行取出来的新钱，纸条还封着呢，每捆一万。

杜湘东问："你要干吗？"

戴眼镜的男人歪头想了想，又扔了一捆，然后说："北京同志，还有这位警察大哥，这是个私密地方，咱们也把话说敞亮了吧。你们领了什么人的指示来找刘春粟，找刘春粟又是为了干什么，我一概不知，也不想多问。不过有人盯着我，想'坏'我的生意，这我是清楚的。人命关天，我也不敢和警察胡说八道，那个刘春粟确实死了，当初我看过尸体，还亲自和他家里人签了赔偿协议。从法律上说，这桩事情已经结束了，所以我也希望别的事情能在你们这里结束。这些钱是小意思，等到北京同志离开大同，我还可以如数再给你们一份。生意人讲究的是和气生财，但你们也不要以为我怕事。要是真撕破脸，不只你们，恐怕你们上面的人也麻烦。谁要让我头疼，我也会让他头疼。"

说完不再看人，摘了眼镜往沙发上一靠，仿佛闭目养神。剩下两个警察看着三捆钱发了会儿呆，又隔着戴眼镜的男人对视一眼。说起来都是奔着刘春粟来的，但对于杜湘东和煤矿老板，这个名字所代表的是不同的故事。屋里静默片刻，大虾米般的警察又把目光从杜湘东的脸上挪开，重新滑向了桌面，在那三捆钱上蜻蜓点水般地跳了几跳。

随后，三尊人像都活动起来。杜湘东和大虾米般的警察身上劲道一松，分别靠向了椅背，还一左一右地跷起了二郎腿。戴眼镜的男人反而坐直了，两手撑在膝盖上，往左看看，又往右看看。他的脸上浮出了笑，大概认为已经给了两位警察充分考虑的时间，接下来就可以进入谈生意的氛围了。他不紧不慢地拎起茶壶，给二人倒茶，同时问："怎么样？"

大虾米般的警察先开口："要不是北京同志在，我这警察不干了也得废了你。"

话音不大，杀气毕露。戴眼镜的男人一哆嗦，茶水又溅了一桌子。他刚撑起来的气势转瞬被打了下去，扭脸去寻杜湘东。

杜湘东的回答却温和得多："你的意思我理解。"

戴眼镜的男人赶紧说："理解万岁。"

杜湘东却又说："不过也请给我们行个方便，毕竟要对上面交代。"

戴眼镜的男人唯唯应道："与人方便，自己方便。"

然后，他探身将钱摞成一块方砖，往出送也不是，往回拿也不是。杜湘东突然意识到，自己活了这么多年，还是头一回见到这么多的现钱。他还在心里做了个简单的换算：此时他的工资奖金加在一起，每月不到八百，这还是上面提出"从优待警"之后的收入，那么这三捆钱就相当于他干三年的，而且后面还有三捆。自己的六年，也就是人家的甩手之间。感慨完，杜湘东便把手放在钱上，慢慢往戴眼镜的男人身前推了推："我们也得对自己有个交代。"

10

那天到了矿上，就是入夜以后了。

路上倒不辛苦，并未像杜湘东宣称过的那样，先坐长途车再靠两条腿翻山越岭。他们的交通工具是停在宾馆门口的一辆奔驰车，在那个年代被称为"虎头奔"。戴眼镜的男人没去，开车的是他的司机，刚刚诸多黑西装汉子中的一名。既然答应了刘春粟的事情到此为止，那么对方也必须配合他"到矿上看看"的要求，这是杜湘东和那位"很讲道理"的煤矿老板达成的协议。此时杜湘东知道，此刘春粟非彼刘春粟，一个刘春粟两个月前就死了，另一个多半是用了死人的身份证去汇款，这才变成了刘春粟。他所关心的故事还能讲下去。

大虾米般的警察与杜湘东并排坐在车里。自从事情谈妥，此人几乎一言不发，仿佛突然没了精神，上车以后一直看着窗外。其实他也可以不去的，而非要跟着，大概是为了履行那句"帮人帮到底"的承诺。杜湘东本想对他表示感谢，但话到嘴边又缩了回去。

杜湘东还想，也许这人也有个故事。

出城以后，前一半路程都是国道，几乎一掠而过。经过一片稀疏的灯火，大虾米般的警察这才蹦出一句："就是那个镇了。"车子随即拐了个弯，驶上一条高耸的盘山路，速度也慢了下来。路况变得很差，布满深坑，不时有托底的危险，碰到迎面而来的大卡车，还得小心翼翼地歪到道路外侧，才能勉强腾出会车的空间。有两次，"虎头奔"的半边车身几乎悬到了山体之外，杜湘东感到屁股底下就是深不见底的峡谷。好在司机很老练，把车开得有惊无险，他只是抱怨，就连老板也是轻易不愿意夜里去矿上的。

直到这时，杜湘东才体会到了远行的味道——那味道是苍凉的，还有几分豪壮。他按下车窗，呼吸了几口因为海拔升高而凛冽起来的空气。不多时，绕过一块巨大的岩石，便在更高远处望见了灯火。密密麻麻的白光闪烁，如同在半空之中扎了一座营盘。司机告诉他，"矿上"到了。杜湘东回望来路，估摸着从矿上到镇上的距离。这段山路，车开了一个小时有余，如果换成人走，恐怕一天一夜都不够用。虽然明知来往于两地之间必须得靠搭车，但他还是想象着一个孤零零的人影跋涉于崇山峻岭之间的景象。当然，这个景象有没有真实发生过，还取决于许文革是否就在矿上，变成了一名矿工。

一定是事先打过招呼，当车子爬上最后一段坡路，矿厂门口已经有人迎接了。那是个留着寸头的中年人，倒是传统印象里淳朴干练的工人阶级模样。车一停下，他就上前与杜湘东他们热烈握手，还专门说："北京同志，您辛苦了。"

接着自我介绍，说他是副矿长，负责这片矿区的日常管理。

带领来宾穿过铁门，副矿长又相当熟练地说出一番套话，大意是：本地在历史上就是煤炭主产区，可是老国企观念旧、负担重，经营举步维艰，因而市里的领导痛定思痛，锐意改革，引入了民营企业承包矿厂、自负盈亏的新机制，使这个老大难产业焕发了新活力。像他自己，就是从国企干部的身份上转轨过来的，刚开始有些"想不通""不适应"，但很快就见到了"实实在在的好处"，"干劲可比过去大多了"。场面倒像应付上级机关的视察。

杜湘东引开话头："那么工人呢，都是从外面雇的？"

"基本替换成了农民工……当然，对于原来那些下岗职工的安置问题、养老问题和就医问题，我们相信组织上一定能……"

"农民工又是从哪儿招的？"

副矿长终于脱离了套话的节奏："天南地北，什么地方都有。刚开始是到火车站招工，后来又有老乡带老乡、亲戚带亲戚。中国人多，开得出工资就不怕招不上来。"

"工人一般会在矿上干多久？"

"流动性很大，长则一年半载，短则两三个月……所以管理上难度很大。"

说话间就进了厂区。对于一个私营煤矿而言，这里也算是规模不小了。四下灯光耀眼，照着足球场那么大的一片平地。平地一端的暗处，模模糊糊地立着一幢二层小楼，周围排列着若干简易工棚；另一端的亮处，则屹立着山包似的煤堆，还有两辆大卡车正停在山下，大约是等待上货。都知道煤是黑的，但在强烈的光照之下，那煤山却像覆了层雪一般通体银白。而杜湘东的心不由得往上提了提。他有两个忧虑：其一是怕许文革已然不在矿

116

上，身为一名逃犯，在一个地方赚够了钱，很可能继续流窜；其二却是怕许文革就在矿上，自己这么大摇大摆地游逛，要是恰好被他看见怎么办？在这个猫与鼠的游戏中，先被发现的那一方就算输了。因此杜湘东下意识地躲着灯走，还故意把背佝偻得更弯。好在一路上没碰到人，副矿长又把他们引向那栋办公小楼，提议"先歇歇，慢慢谈"。

屋里居然设了宴，桌上还摆了一瓶汾酒。俩警察也不客气，径自坐下，吧唧吧唧开动起来，副矿长陪在一边，不住夹菜倒酒。正吃着，却听见远处——具体说是来自地底——传来了两声巨响，让人脚下一颤，仿佛站在了随时可能腾身跃起的巨兽的脊背上。一时间屋里灯影摇动，连斟满的酒都晃出了半杯。

大虾米般的警察打趣道："不用搞得这么郑重，放什么礼炮呀。"

副矿长笑道："我们这里需要爆破开采，响动是常有的，但从没出过事。"

杜湘东本想噎他一句：那么刘春粟是怎么死的？这不是睁着眼睛说瞎话嘛。但又一想，既然说好了不再过问刘春粟，跑题也没必要。再说往后还得需要这位"管事儿的人"配合呢。因此他只是问："工人现在还在井下？"

副矿长坦然回答："我们这里实行的是十六小时工作制。向时间要效益嘛。"

私营煤矿都是按年限承包的，只有昼夜不停地开采，才能保证利益最大化。这个账别说开矿的人，就连杜湘东也算得过来。怪不得办公楼旁边的工棚都是黑的，一点儿人声没有。他又看了看表，目前还不到十一点半，假如早上八点上班，那么离下工的

117

凌晨时分还有些工夫。他索性踏实下来，细嚼慢咽地吃起了饭。其间本想问副矿长要个花名册来看看，但又觉得多此一举。许文革要是用本名来应聘，那他可真是个弱智了。

终于又熬过半个小时，杜湘东便拍了拍手站起来，宣布："到矿里看看吧。"

这时，副矿长就有点儿不情愿了。他愣了愣，嘀咕道："不是说好了来看看，打个转就走吗？您二位到底要干什么？"

事到如今，也就没必要藏着掖着了。杜湘东直言以告，他怀疑矿上有个逃犯，因此需要副矿长做的，是以下两件事情：第一，把他带到矿工从井下返回地面的通道附近，再提供一个隐秘的观察场所，保证他可以辨认每一张经过的人脸而不被发现；第二，严格保密，切勿声张。本来还可以责令副矿长把工人们集中起来，一一点名排查的，但之所以没有选择那个方案，还是害怕打草惊蛇。说实话，他压根儿不信任这位连死了人都敢瞒报的煤矿管理者。而对方听完，并未露出多么意外的神色，只是响亮地喷了几声牙花子，好像在害牙疼。对于运营一座煤矿有可能面对的各种麻烦，这位副矿长仿佛早已习以为常。他考虑的是如何躲过麻烦，或者暂时压住麻烦，哪怕是把眼前的麻烦变成以后的麻烦也行。

杜湘东则直视对方，一手横伏桌上，手指有节奏地敲击桌面。这副代表着不可抗拒的公权力的姿态终于令对方屈服，或者说，对方已经完成了他的权衡。副矿长的脸上再次绽放了笑容，回答道："您早说呀，多大个事。"

然后话锋一转，又说到这家煤矿是政府的重点扶持项目，受到了各级领导的亲切关怀，投资煤矿的老板本人也刚刚当选为政协委员。作为煤炭行业的改革标杆，又岂能容忍流窜作案的坏分子破坏抹黑？因此对于"北京同志"千里迢迢地赶来清理工人队伍里的坏分子，他们肯定是热烈欢迎、大力配合的。这时套话就不是套话了，甚而套话从来不是套话。杜湘东明白，副矿长这是在向他讲明利害呢，意思和戴眼镜的男人说过的话大同小异：警察执行任务，没人敢妨碍，但大家都是有背景的，万一闹大了，谁怕谁还不好说。

而他也只能表态："职责之内的事我一定要做，但仅限职责之内。"

双方再次谈妥，分别起身。副矿长率先走到门口，颇具表演性地做了个"请"的手势，引着俩警察往矿厂的核心部位，也就是矿井的方向而去。踩着一地咯吱作响的煤矸子，沿一条干道穿过空地，又穿过另一道围墙铁门，远远就望见了巷道入口。四下也是灯火通明，衬托得那个大洞的内部更加黑暗，一条狭窄的铁轨从洞里通出来，也传出了大地深处机械作业的震颤与共鸣。越往近走，回声就越发浩大，好像地壳已被挖穿。"砰砰"又是两声炮响，比刚才听到的更加骇人，连山顶上的碎石都往下滚了几块。

洞口却有一个铁皮搭建的岗亭，大概是清点人数和存放物品所用，副矿长走了过去，对亭子里的监工说了几句，那人便出来，手里拎着一个麻布口袋。随后，杜湘东和大虾米般的警察便钻了进去，灭了灯，坐下来，透过黑黢黢的窗子看着洞口。这是个适于观察的有利位置，里面的人能将外面一览无余，外面的人却无法看清里面，就连大虾米般的警察那身脏兮兮的警服也不会暴露身份，更何况外面还有俩人为他们吸引注意力。黑夜像一个谜，山岭像一个谜，洞口更像含着个谜。在等待谜底揭晓的那段时间里，杜湘东的心态竟然出奇地平静，反倒是大虾米般的警察呼吸沉重，似乎比他还要紧张。

外面的副矿长和监工也被悬念感染，刚开始还有一搭没一搭地说闲话，后来就干瞪眼望着铁轨。非常准时，刚过十二点，洞里传出了隆隆轰鸣，好像一个消化不良又喝了过多碳酸饮料的人正在没完没了地打嗝。接着，一列矿车开了上来，车头亮着一盏独眼似的灯。前几节车斗里却没有人，而是满载着今天的最后一批，或者是明天的第一批矿产，随后的几节车斗才坐着矿工。矿车临近洞口停下，人先下车，排着松散的队列走出来。副矿长示意监工往更亮堂的地方站了站，又迎着来人吆喝一声，那条队列便朝他们所在的方向移动过去。一切不露形迹，也可见这位敬业的领导亲自查岗是经常的事。

在杜湘东的注视下，矿工们纷纷从劳动布上衣兜里掏出一枚塑料牌，投进监工手里敞开的口袋。这是一支面目模糊、好像由影子组成的队伍，人人沉默不语，脸上黝黑一片，只有摘下安全帽时簌簌抖落的煤矸子才提醒外人他们也是实际存在的、有血有肉的。但即使如此，杜湘东仍对自己的辨别能力充满信心。他相信许文革的身体轮廓、脸部线条乃至走路时的姿态都深深地印在了他的脑海之中。如果不是印得那么深，他也不会多年以来如此憋屈。而现在，摆脱憋屈的时刻终于到来了。

第一个不是，太矮。第二个不是，太胖。第三个虽然身高体型相仿，但脸又太宽太圆，几乎像一张饼。第四个第五个第六个都不是。被杜湘东否定掉的人们用原始的方式记上考勤，却不离开，又折回矿车开始卸货。因为捎了半车煤，第一趟矿车的乘客只有十几个人，如果这趟毫无发现，就只能寄希望于矿车倒回去再开出来的第二趟了。但一转瞬，杜湘东的视线锁定了在队尾的一个男人身上。一米八多，肩宽腿长，面部棱角令人联想到西方雕塑。与记忆中的许文革不同，那男人的背驼得厉害，弯成了一条夸张的弧线，但考虑到他所经历的日复一日的逃亡和劳累，这点儿变化也是理所当然的了。

于是杜湘东叫了一声。怎么叫也是早就设计好了的。一个老到的逃犯想必早已练就了听到真名也无动于衷的定力，因此他叫的是："姚斌彬。"

那个名字在暗夜的山岭破空而出，锐利得像一支响箭。不远处的黑影果然一愣，茫然地回过了头。几乎没有停顿，杜湘东就从岗亭里冲了出去，也几乎没有停顿，他的抓捕目标也开始奔跑。两人绕着目瞪口呆的人群各自划了一条弧线，与此同时观察、预判着对方的步伐轨迹，随后一前一后跑进了巷道洞口。在不久之后，当杜湘东反复纠结于这次行动的种种细节时，才会疑惑于这样一个问题：许文革为什么没往开阔的、更有利于躲避的方向逃跑，而是一头扎进了矿井深处？这是他在情急之下出现了判断失误，还是另有什么企图，比如说打算把杜湘东引进去再下毒手？但在那个刹那，杜湘东和当年追捕持枪逃犯姚斌彬时一样，脑子里除了抓人以外什么都没想。他只知道时隔数年，许文革再次出现在了他的眼前，并且自己占据着绝对优势的位置，只要一鼓作气，就能瓮中捉鳖。

也许恰因为此，杜湘东没有留意周边的变化。他盯着前方那个背影，沿着越发黑暗也越发幽深的洞穴向地下冲刺。二十米，十五米，距离的缩短是逐渐的、稳步的，这也和当年追捕姚斌彬时如出一辙。身后投来了长长短短的人影，那是一干矿工，他们的大呼小叫在巷道里冲撞反弹，乱糟糟的，听不清喊些什么。岩壁发出了几声脆响，像颌骨挨了一拳时脑子里的回音，大概是前不久放炮的余波导致的，应该也是"常有的事"。十米，五米，借着头顶间隔悬挂的矿灯，他看清了逃犯一头乱发之下那苍白的侧脸。而直到两块比酸菜坛子还要粗壮的碎石从斜上方坠下来，落在离杜湘东不到半米的跟前，他才似乎意识到了什么。咔然开裂的声响从四面八方包括脚下传来，越发密集，震耳欲聋，整条巷道都在扭曲变形，像把人吞进了一段蠕动不休的肠子之中。

然后杜湘东听到了喊声："塌了——"

然后是更多的人在喊："塌了塌了塌了——"

然后他的胳膊被人拽住，往反方向拉着。直到此刻，杜湘东的身体还在前冲，甚至想要甩脱抓住他的那人。很遗憾或者很幸运，他没做到。对方使出了擒拿手法，并且比他所掌握的更加娴熟：一手扣住上臂，一手夹住头颅，拖扯着他往洞外跑出去。

五米，十米，十五米，二十米，他与许文革的距离重新拉大。回头再望，那个黑影在巷道深处拐了个弯，令人绝望地消失不见。而当一个鱼跃沉重地摔在洞口之外，他才看清了强行把自己挟持出来的人。是大虾米般的警察。俩人躺在地上喘气，像两条离了水的鱼。然后杜湘东又想跳起来，却被一个扫腿撂倒。

对方吼道："你他妈想立功想疯啦？"

杜湘东吼了回去："我他妈不是为了立功，你懂个屁。"

对方再吼："甭管为什么，搭上条命就是不值。"

吼完，大虾米般的警察却不再看杜湘东，而是站起身来，走向一旁的副矿长。后者呆若木鸡地瞪着洞口，两眼凸了出来，肩膀打着哆嗦。大虾米般的警察推了他一把："打电话去。"

"现在不能。"副矿长摇头。

大虾米般的警察扬手抽了他一个嘴巴："你们还想瞒几回？"

出人意料，副矿长也抬起手，抽了自己一个更加响亮的嘴巴，随后道："你要打电话尽可以去打，没人拦你，不过打也没用。这矿随时会塌，如果真塌了，等外面的救援赶到，井底下的人早埋了。所以现在只能按我们矿上的办法来，你们警察帮不上忙。"

这时在俩警察眼里，副矿长好像换了个人，绝非不久前那个只会说套话的工头了。他阴沉着脸，转身去向几个老矿工询问情况，三言两语，可以得知：煤矿采用皮带传送和矿车运载两种方法结合，井下的最底层用皮带，将爆破开采的煤块运送到深约一千米的中转站再装进矿车；此时矿里还有二十多人，恰好正在那个中转站等车；因为离地面并不太远，这些人本来是可以沿着轨道爬上来的，但现在还没人影，估计是被震落的石块挡住了去路。综上所述，现在要做的，就是先有几个人带着工具下去，在矿井全面塌方之前开出一条生路。如果赶得及，井下的人或许还有救；如果赶不及，那么很可能连救人的也被压在底下。因此再开口时，副矿长的哑嗓子里好像含了块滚烫的铁，他环视那一圈黑黝黝的、只看得清两眼反光的矿工，问："谁没老婆孩子？"

沉默之中，便有两个人站了出来。片刻又出来两个。又有一人呜呜干号两声，也往前迈了一步。副矿长拍拍那人肩膀，脱了上衣往地上一摔，顺手抄起一柄钢钎："我也下过井，鬼门关上走过都是兄弟。出发吧。"

几条没家没业的汉子发一声喊，跟着他往矿井深处走去。留下的七八个人各自找好岗位，准备接应工作。等那支敢死队消失在矿灯照射不到的角落，巷道变得出奇地安静，它空洞、深远、寒冷，只有偶尔飘出的细小的断裂声提示着人们悬念还在继续。而原本压在杜湘东心头的那个悬念则被囊括进了一个更大、更紧迫的悬念之中，那是千钧一发，那是生死攸关。他连重新爬起来的力气都没有，像狗一样伏在地上望着洞口，手指抠进混着煤渣的泥土，似乎指尖所能感受到的最微小的震动都能让他肝胆俱裂。

大概过去了多久？五分钟还是十分钟？杜湘东腕上手表的秒针均匀地数着格儿，每一格所代表的时间流逝都像包含了人的一辈子那样漫长。大约在某一秒即将结束、新的一秒即将开始之际，他仿佛看到秒针顿了一顿，好像时间本身也犹豫了、踟蹰了。随后他才意识到那是地壳震颤导致的视觉错乱，在接踵而至的轰鸣中，他看到巷道里尘土飞扬，寥寥几盏矿灯像暴雨里的萤火虫一样坠落陨灭。石块无规则地落下，转眼埋住了洞口。身边的矿工纷纷跪了下来，捶胸拍腿地痛哭或者指天对地地怨骂。没救了，这是从常识以及人们的表现中得出的判断。这将是一起震惊全国的特大矿难，一口气吞噬了三十多条人命，其中包括原本被困的二十余人和六名前往营救的敢死队员，以及一名逃犯。

直到次日清晨，上述事实在杜湘东的头脑之中还是事实，就像他疯了似的扒着抬着，把他的两手磨得鲜血淋漓的石块一样笃定、坚硬。大虾米般的警察终于还是跑回办公楼打了电话，救援部队是在凌晨五点赶到的。来了两个连。一个连是工兵，就地开始挖掘；另一个连是武警，负责封锁现场。煤矿老板始终没露面，听说连夜去了北京，至于是去躲风声还是找门路，那就不得而知了。副矿长以外的几个工头被迅速"控制起来",杜湘东和大虾米般的警察也被带到一个单独房间里接受问讯。从"有关部门"的口中,杜湘东也得知,本次矿难像许多追悔莫及的灾祸一样并非偶然,原因大致有三:第一,为加快开采进度,该煤矿在爆破中使用了高爆炸药,且装药量远远超标,每个工作面上的炮眼数量也超标;第二,为节省成本,该煤矿在建设过程中使用的钢梁规格却不达标;第三,该煤矿于两个月前曾发生过一次塌方,还死了人,本该停业整改,但不知为何没有执行。矿上的人竹筒倒豆子,交代的内容几乎可以立刻形成材料上报,相比之下,来自警察的侧面印证倒显得无足轻重了。

一个工作人员这才想起来问:"你一个北京警察,到矿上来干什么?"

杜湘东正待回答,却见一个军人急匆匆跑进来,对那人耳语两句。一瞬之间,在那张僵硬得平板一块的脸上,浮现出了也许是这个小官僚所能传递的最为丰富最为复杂的表情:狂喜、惊讶、庆幸、难以置信、迷惑不解……而当对方把消息转告给他之后,同样的表情也在杜湘东脸上重演了一遍。没过多久,隔壁和走廊里各种身份的人们爆发出了连锁式的欢呼,尤其是那些矿工,他们再次号啕大哭起来。

然后全体集合,急行军赶往这座不高不矮的山的中段。昨天夜里坐车上来时,杜湘东并未看到上山的路还分出了一条岔路,更无从得知海拔比山顶煤矿低了几百米的地方,还有一处废弃已久的老矿。废矿入口早被堵上,好在只是堆了一层砖石,并未再浇水泥封堵,又好在工具设备一应俱全,井下的人就从那里破洞而出了。有人是自己爬出来的,有人浑身是血,是被同伴拖出来的，最惨烈的是个十七八岁的孩子，已经深度昏迷，左腿膝盖以下全成了一摊烂肉。这些从鬼变回人的矿工被阳光晒愣了，捂了半晌眼睛，这才开始呼喊，于是被高处的武警发现。当杜湘东跟着队伍赶到现场，第一眼认出的是副矿长。问明身份后，这人立刻被调查人员控制，但即使是亮晃晃的手铐也无法打消他那疯癫的狂喜。

而当政府的人一边送上食物和水，一边清点人数的时候，杜湘东也凑了上去。他近距离地打量着每一张沾满煤污或血迹的脸，遇到低着头的就摇晃肩膀，直到人家不得不把脸抬起来。几个伤员在被抬上救护车之前也早就辨认过了。共三十二人，反复点了几遍都是这个数字。而来之前，他已经知道被困在矿里的人数是三十三个。还有一个去哪儿了？难道死了吗？如果死了，为什么死的偏偏是他？杜湘东头晕眼花，被窒息感扼住了喉咙，像魔怔了一样念念有词，反复穿梭着、逡巡着。终于，他的行为让人们觉得碍事了，他遍复一遍打搅幸存者的做法也显得不近人情。那个询问过他的工作人员走过来，试图把他拉开。

杜湘东就是在这时失控的。他一抡膀子，把对方甩了个趔趄。人们齐刷刷打量着他，而那位工作人员还想缓和气氛，谨慎地再次靠近杜湘东："这位同志，您别激动……"

杜湘东却失魂落魄地溜开，又在人群里乱窜起来，还粗鲁地碰翻了几个工人头顶的安全帽。这时，他就开始询问每一个幸免于难的矿工，有没有在井下见到这样一个人——一米八几，肩宽腿长，棱角分明。见过？这人叫姚文林？妈的，怎么取了这么个名字，不过也对，"文林"就是从"斌彬"里拆出来的嘛。那么这个姚文林现在怎么样？还活着？我就知道他不会死，没死又去哪儿了？跟你们一起出来的？出来以后就不见了？你们干吗不看着他？干吗不问他一句？矿工们被他搞得惶惑不已，疲倦不堪，大虾米般的警察抄到他身后，依然使出擒拿手法，把杜湘东的两臂牢牢箍住。但他仍然跳跃着、后仰着，嗓子眼儿里还含含糊糊地挤出两个字来："搜山。"

"你说什么？"工作人员勉强笑了一笑，问。

"搜山，搜山搜山搜山。"杜湘东重复。

对方就从讪笑变成了冷笑。你也不看看这是什么时候，什么场面？还有伤员等着救治呢，还有现场等着勘察呢，还有情况等着汇报呢，哪儿腾得出人手搜山。不就是少了个人，比起活下来的几十个，少了的那个算得了什么。你不就是个来路不明的警察，就算真是北京什么重要部门的领导，也得考虑地方上的现实困难吧。

于是众人便散开，没人再理他，各忙各的去。杜湘东被晾在当地，仍被大虾米般的警察擒抱着。大虾米般的警察在他耳边劝道："兄弟，你冷静点儿，人跑了还能再找。"

杜湘东终于停止挣扎，后背蹭着对方的肚子和腿，缓缓坐在了地上，头却仰望着四周的山峦。屎壳郎碰上拉稀的——白来一趟。事到如今，北京人这句粗俗的歇后语真是再贴切不过，至于一路上的执念、辛苦、惊心动魄，都变得不值一提。这个念头让杜湘东古怪地笑出了声，咯咯，咯咯，好像一只丢了蛋的母鸡。

那也是许文革在逃期间，杜湘东最接近于将其抓捕归案的一次努力。

11

　　至于当天在井下发生了什么，则是那位副矿长转述给杜湘东的。而这又得归功于大虾米般的警察。也不知他使出了什么斡旋手段，居然说服政府的人，同意让杜湘东在车轮战似的审讯间隙见了副矿长一面。见面时间是晚上，来自北京看守所的杜湘东走进了大同看守所的一个狭窄房间。副矿长垂头缩在铁栅栏里，好像没认出来是谁，不等杜湘东开口，就喋喋不休地申诉起来。对应着调查得出的矿难原因，其申诉内容也可分为三条：第一，擅自使用高爆炸药和增大填药量是老板的决定，他本人曾对这种违规行为提出过质疑，但质疑无效；第二，建矿期间选用什么规格的钢梁也是老板任用的亲戚一手操办，他更插不上话；第三，两个月前发生塌方并导致矿工刘春粟死亡后，他曾在第一时间通知了老板并建议上报，但老板告诉他官司已被摆平，又严禁对外人提起此事。总而言之，他就是个打工的，在人家锅里吃饭，对人家的任何做法都无可奈何。

　　他也在一定程度上恢复了说套话的能力："灾难无情人有

128

情，我相信群众的眼睛是雪亮的，更相信组织的胸怀是宽大的。"

杜湘东安静地听完，这才提醒副矿长，对于矿难，自己只是阴差阳错地做了个见证，并无调查权，更无发言权。而他来，想打听的是另一件事：那个冒用了刘春粟名字的人，那个逃犯，有印象吧？副矿长相当失落地"哦"了一声。

但他还是回答了杜湘东的问题，并且神色更加亢奋，就连语调也夸张了起来。这种状态让杜湘东颇为诧异，他不禁暗自琢磨，副矿长究竟是在矿难中被震坏了脑袋，还是天生具有当说书人的潜质。话说那日，山崩地裂，矿井之下，危在旦夕。为了二十七名阶级兄弟，以副矿长为首的敢死队义无反顾，深入虎穴，真个是风萧萧兮易水寒，壮士一去兮不复还。众人手持开山打洞的器械，一路坎坷一路心惊，来在了千余米深的地下转运站，只见头顶钢梁歪斜断裂，倾覆下来的煤块和碎石堵住了去路。从缝隙中，却又听得煤块碎石的另一端传来了呼号惨叫之声，真是万幸，被困的人还活着。二话不说，就地开挖，又号召对面的兄弟里应外合，费尽九牛二虎之力，居然开出一条窄道。两支队伍会师，赶紧又往地面开拔，但说时迟那时快，矿井发生了二次塌方，这一回来得更猛，并且位置就在洞口，把去路也给堵了。别说是工人，就连有着多年井下经验的副矿长都傻了眼。他心知塌方就怕连锁反应，有了二次就会有三次，再塌可就全玩儿完了。正没奈何，却见暗处闪出一个人来，此人身高丈二，虎背熊腰，生得好一副硬朗相貌。

"你道这又是谁？"副矿长问。

"您……没事儿吧？"杜湘东反问。

"没事儿，没事儿。你别打岔。"副矿长两眼放光，仿佛重温着那生死一夜的惊心动魄。来者不是别人，正是矿工姚文林。直到这天，副矿长才知道这人的身份是个逃犯，真是人心叵测，世事难料。这位姚文林或许文革或冒名顶替的刘春粟逃进矿井，也被一起捂在了地下，难不成老天爷要惩罚这个罪人，就把其余三十二人一起当了垫背的？那也太不公平了。但没承想，恰恰是该死的给该活的指了条生路。逃犯告诉副矿长，在矿井的一侧，还有一座废弃的矿井，那是七十年代开采的遗迹，因为当时的技术水平落后，就没有进一步扩建。以前爆破开山的时候，曾把两座矿井之间炸通了，那个通道的位置他还依稀记得，往巷道深处再走几百米就是。这一说，就提醒了副矿长。矿底下还有一个老矿，这个情况他也是知道的，只不过情急之下没想起来。而眼下，要想从原路开掘回去已不可能，如果能进入老矿，再从半山腰钻出去，那几乎是唯一的生路。另外一点副矿长也有信心：老矿是国家修的，那时又刚发生过唐山大地震，因而建筑质量绝对超标完成，新矿塌了老矿也不会塌。

直到这时，杜湘东才恍然大悟。许文革之所以会逃进矿井，并不是慌不择路，而是早有预谋。往开阔处跑，势必难以甩脱警察，而假如利用对地形的熟悉，神不知鬼不觉地从老矿脱身，那就相当于上演了一场经典的地道战。也许早在刚发现那个老矿时，许文革就已经做好了这种规划。想到这里，杜湘东倒抽一口凉气，甚至对许文革心生敬畏。几年前的许文革冲动、鲁莽、不计后果，他能活下来靠的是运气，或者说是靠了姚斌彬的那一条命。但如今，长年的逃亡生活已经把许文革磨炼得如此老谋深算。杜湘东不得不承认，许文革作为一名逃犯的进步速度，远远超过了自己作为一名警察的进步速度。道高一尺，魔高一丈。

他满脸发臊，副矿长却浑然不察，兀自沉浸在对险情的回忆之中。当机立断，一声令下，矿工们往井下的更深处进发，去找两个矿井的联结点。一路上，副矿长都走在逃犯身边，不时询问那个秘密洞口的位置、模样。山的内部还在嘎嘎作响，再往下走，就连仅有的两盏手提矿灯都无法照亮前路了。而地面猛然又是一震，就在人们魂飞魄散地呼喊之间，副矿长却发现身边的逃犯不见了。难道这人在说谎？或者他还有什么不可告人的计划？副矿长被没了命地蜂拥向前的矿工推了几个踉跄，这才强令队伍停下。他四下张望，眼睛不够用就拿鼻子嗅，像猎犬一样探寻着未知的黑暗空间。命悬一线之际被无限拉长。

终于，身后有人说话："都这时候了，你还敢回去？"

"怎么没把他想起来。"

"已经没气儿了吧……"

人们压低了嗓子窃窃私语，像怕再一次惊动了摇摇欲坠的山体。说话之间，队伍自动闪开，从浓郁的黑暗里托出两个人来。一个正是姚文林，他背上还驮着个身材单薄的孩子，头耷拉在逃犯的肩膀上，已然昏迷不醒。再往下扫一眼，孩子的一条腿却成了破墩布的形状，条条缕缕往下挂着肉丝儿。副矿长记得这孩子叫刘秋谷，今年刚满十八。他还记得两个月前，办理矿工刘春粟的赔偿事宜时，正是刘秋谷替他哥签字画押并承诺"永不上诉"，然后从老板手里接过了五万块钱。刘春粟死后，刘秋谷仍在矿上干。刘秋谷要是也死了，他家的这根独苗就算断了。从矿工们的慨叹中，副矿长又得知，刘秋谷和他哥刘春粟一样，今天也被塌方石给砸了。当时刘秋谷吓蒙了，撅着屁股趴在地上，转眼就有一块巨石滚下来，和雨点般的煤块一起将他埋了。别人都没致命伤，偏偏是他再没声息，这真是命。众人本来商量，要能活着出去，就把这孩子挖出来带上，带不走活人好歹也带个尸首，但随之而来的连锁塌方却截断了这个念头。光顾着去找出口，他们干脆把他忘了，或者有人记得却没再提。但是姚文林不仅想了起来，而且专门为这孩子折了回去。他之所以没声张，想必是担心引起矿工们的内讧——为了一具尸体耽误每一秒钟都意味着几十条人命的时间，那毫无疑问是不值得的。而他又是什么时候发现刘秋谷还活着的？是在刨开煤堆撬开巨石的过程中，还是在扛着这孩子追赶队伍的路上？总之从他带着三分小心的步态里，众人看出他背着的是个活人。那块巨石没有压在刘秋谷身上，只是砸烂了他的一条小腿，这个事实令人庆幸，也令人羞惭。人群嘈杂一阵，不约而同地噤了声。

姚文林背着伤员，走向队伍前端，对副矿长说："没多远了。"

继续摸黑赶路，到达某个拐角停下，姚文林又说："就这儿。"

这也是逃犯对副矿长说的最后两句话。几条壮汉在放过炮的废墟里开凿，不多时打开了一片更加漆黑、泛着久远年代气息的空间。从山内的一个腔道钻进另一个腔道，用矿灯照见头顶锈迹斑斑但却结构完好的钢梁，副矿长和所有人都舒了口长气。背后的那个绝命矿坑里又传来了震动和巨响，但他们所在的位置已经基本上安全了。逃犯提供的逃生路线的确有效。大家沿着国营老矿的巷道往半山腰里进发，路的尽头当然还是漆黑，但此时的漆黑已经不再令人绝望。人们有手有脚有工具，而且按照他们所信奉的朴素的人生哲学，但凡大难不死都是有后福的——就像逃犯背上的刘秋谷，他只要还能微弱地喘气儿，等待他的理所应当是几十年的好光景。于是不紧不慢地换班开挖，当第一缕阳光从某根钢钎的落点直射出来，人群里蔓延开了海浪一般的叹息之声。又有更多的钢钎、榔头和铁锹涌向那个亮点附近，将黑暗的窗户纸捅得像个筛子，轰然一响，天日重现。当山风像刀一样刮过人脸，人们反而肃穆地沉默了下来。没人往外走第一步，就连领头的副矿长也一动不动。如果姚文林和他背上的孩子不先出去，他们都认为自己没有资格重返人间。

最先出去的正是姚文林，他又从狗洞大小的豁口里把刘秋谷拽了出去。接着才是其他人，先出来的立刻回身，在碎石中间乱掏乱摸，寻找着后来者的手臂——在里面还能借着矿灯维持依稀的视觉，身处漫山遍野肆无忌惮的阳光之中，人们却陷入了暂时的失明。副矿长是最后一个出来的，当他紧闭着汩汩冒泪的双眼，宣布后面再没别人时，矿工们一齐对着苍天呼啸起来。那声响不是为了求救，甚而不包含任何明确的意味，但又是与远古人类一脉相承的宣告与象征。而当副矿长恢复了视觉，第一件事就是在人群里寻找姚文林。此时的他早不在意姚文林的身份，更没想过一个逃犯即使死里逃生又将面对着什么，他找那人，只是觉得鬼门关里走过的都是兄弟。但他没找到姚文林，只看到了刘秋谷。这孩子是此起彼伏的呼啸声中唯一安静的人，此刻正躺在一块平坦的草地上，身下漫了亮晃晃的一摊血。他的身边空空如也，姚文林再一次不见了。

以上是矿难和追逃双重当事人的供述，后来形成了一份详细的笔录，但执笔人却不是杜湘东。这份笔录的落款日期，也不是杜湘东回到北京，不得不向上级"做出解释"的那个期间，而是又过了几年以后，连他本人几乎都把许文革忘掉的时候。

那就是后话了，涉及的也许是另一个故事。

而在当年，杜湘东对副矿长的问讯也只能到此为止。又过了两天，仍是通过大虾米般的警察的关系，他在医院见到了刘秋谷。这个号称年满十八、长相只有十五六岁的孩子是与许文革有过最近距离接触的证人，当时刚从重症监护室转入普通病房，虽然生命体征趋于平稳，但静静地平躺着的模样仍然让人想到一具尸体。他的脸惨白得好像被人潦草地涂去了五官，覆着棉被的左腿膝盖以下空空如也，那是截肢手术的成果。杜湘东问他知不知道是谁把他背出了矿井，他死鱼似的眼睛连转也不转。杜湘东又问起他哥刘春粟的身份证怎么就到了姚文林手里，孩子终于操着河南腔开了口："大哥，我啥也不知道。不过我倒想问你个事。"

　　杜湘东道："你说。"

　　刘秋谷道："为啥我老觉得那腿还在，想动弹又没了。"

　　杜湘东没法作答，刘秋谷便扭过脸去，再无声响。那是死过一回的人对活人的淡漠，是残缺者对健全人的隔阂。事到如今，杜湘东只好接受了一个理智的判断：凭自己是别想抓住许文革了。既然选择了远方，那孙子必然风雨兼程。只要离开了矿山，顺便再改个身份，许文革就会像雨滴落进湖水一样隐没在人海之中。大虾米般的警察也劝他算了，无头案多的是，无尾案同样不少。如果在以前，这种论调会让杜湘东很不舒服，但如今，他对大虾米般的警察印象也早就变了。无论是从经验、手段还是心态来说，人家都比他更接近于一个优秀警察的标准——虽然优秀得稍微有点儿与众不同。而杜湘东呢，空有一套虚张声势的架子功夫，空有一腔自命不凡的雄心壮志，但事实证明了他不是一块当刑警的料。

　　不过杜湘东还是又在当地"赖"了几天。这时搜集资料，就不是为了继续追捕许文革了，而是受到了一种古怪的感觉的驱使——好像许文革远在天边却又与他朝夕相处，好像许文革是他的敌人却又与他亲密无间，因此他迫切地想要了解今天的许文革。矿井已经停产，工人们被控制在屋里无事可做，所以也乐得对这个身穿便服的警察摆龙门阵。在他们口中，"姓姚的兄弟"可是个能人，有一次井下的传送带坏了，专管机械的技术员都束手无策，他一个人这儿鼓捣那儿鼓捣，居然鼓捣好了。有个头儿听说这事，要调他去干维修，从此不必下井，挣钱还多，但姚文林一口拒绝，还明说自己要不是急需用钱，才不愿给黑心老板卖命。渐渐地，这人反而在工人之中有了威信，尤其是死了的那个刘春粟，几乎要拽着弟弟刘秋谷一起磕头认他当老大。然而也许是太有本事了，这人性子也怪，前前后后在矿上待了半年，也没见他跟谁真成了朋友，甚至对人故意爱搭不理的。后来刘春粟出事时，距离他也就不到两米，别人早吓得筛糠一般，他却极其镇定地查验了尸体，独自一人把刘春粟扛上了矿车，又带着一身的脑浆和血迹去通知在井上倒休的刘秋谷：你哥死了，找他们谈赔偿去吧。这时在众人眼中，姚文林就显得异常冷血了，于是大伙儿又都有些怕他。

　　以上种种，在外人眼里捉摸不透，杜湘东却认为理所当然。一个逃犯，一个许文革这样的逃犯，难道不是本该如此吗？但随后搜集的两条信息，就出乎杜湘东意料了。第一件事也是工人讲的，说是许文革特别爱看书。本来看书也没什么奇怪的，毕竟曾经是青工里的技术能手。以前在机械厂的平房里，也发现过他和姚斌彬遗落的书籍。还听姚斌彬他妈说过，姚斌彬其实更爱看书，许文革是跟着姚斌彬一起看起来的。但一个人在逃亡期间，身处恶劣的环境仍然手不释卷，这就似乎传达出了别样的意味。进而细想，许文革看书，是为了"解闷"还是"有用"？如果是"解闷"，说明一个人想要忘记现在；如果是"有用"，则说明他还惦记着未来。杜湘东让工人把他带向大通铺上许文革的床位，果然在床板下翻出了厚厚一摞书。书都很旧，封皮几乎没有完整的，内容除了工业原理和机械维修，居然还包括法律方面的入门教材。不忘老本行也就罢了，难道许文革还想当律师吗？

第二件事更让杜湘东震惊。当时他把书撂在一旁，顺手翻扯着许文革的被褥，想再找出一些蛛丝马迹。床铺就是床铺，除了更脏更臭，和看守所里的犯人"睡板儿"也没什么不同。但一抬头，却看见枕头上方的砖墙上，寥寥地排列着几行字。字迹歪斜，但却深邃而清晰，大约是不久前用锉刀刻上去的，杜湘东随即意识到，那话语分明就是诗句：

美人济贫

英雄济富

没有人上过梁山

（此句来自打工诗人陈年喜的诗歌《无题》）

在那一刻，杜湘东的头颅之内充满回响，就像滚雷掠过了焦土。话里没有半个字是许文革的自我描述，但却仿佛把这个人心底的东西掏了出来。那东西到底是什么，杜湘东说不清楚，他只是感到自己被某种决然、尖锐的力量所洞穿。这就是从逃犯的躯体里蜕变出来的、必须让人重新认识的许文革了。这个许文革不仅包括了过去的许文革，而且包括了死去的姚斌彬，一生一死之力在他身上混合催化，衍生出了义无反顾的气概。凭借这份气概，许文革当然不会畏惧杜湘东，他甚至不会畏惧任何事物。而也正是在那一刻，已经像认命一般接受失败的杜湘东却产生了一个新的预感，那就是他迟早还会再次见到许文革。

但那一天来得实在有点儿晚，又是五年之后了。

12

比起刚参加工作时的三年之约，比起越狱事件之后六年有余的屈辱和困顿，接踵而至的五年简直像打了个盹儿还没睁眼就滑过去了。再换个比喻，以前也说日子快，快得像狗撵，那么后来就像疯狗在撵了。好像除了"快"本身，生活已经不再值得感慨。

当然，这只是杜湘东的个人感受罢了，因其过于主观，所以并不具有代表性。要是逐一盘点，他也必须承认这些年来的生活变化之重大。譬如变化之一，是刘芬芳下岗了。其实对于这一天，不光是杜湘东，就连刘芬芳也早有心理准备。食品公司每况愈下，冰棍儿汽水早已停产，冷库里的猪头猪腿猪下水也在亏本经营，于是领导们关起门来一合计，索性来了个处理大包圆儿，连猪带人一块儿甩给了外商。而外商也不傻，表示猪可以要，人不能留。双方在谈判桌上打了很久的消耗战，等到敲定改制方案，必须公布下岗名单时，却又不约而同地采取闪电战。那天刘芬芳和她的姐妹们刚转移完猪腿，就被勒令去签协议，领买断工龄的钱。人家还告诉她们，再过不久厂子就没了，要是不签，连这点儿钱也领不到。

偏在这时，刘芬芳家里又出了情况。她的一个弟弟急着结婚，另一个弟弟怕吃亏，也扯来个女的要结婚。兄弟俩瓜分完宣武区那套平房的里外间，便把父母送给了二姐。二姐没结婚，房子宽敞，还雇着保姆，再加上越有钱越对家里有愧的心理，即便不是女儿的责任也应承了下来。但这样一来，却显得刘芬芳多余了——没人需要她伺候了。刘芬芳只好卷着铺盖回到郊县，她觉得自己是被厂里和家里榨干之后扔出去的，这种心情也决定了她不会给杜湘东好脸色看。因此，杜湘东生活中的第二个变化虽然是与刘芬芳结束分居，但却感受不到夫妻团圆的喜悦。他必须时刻准备聆听刘芬芳那更加漫长、频繁、恶狠狠的抱怨，抱怨的内容则直指第三个变化，即：他们已经沦为标准意义上的"穷人"。

平心而论，如果纵向比较，他们的生活水平一直都在提高，筒子楼单间里添置了电视、洗衣机、窗式空调，算是基本完成了一间陋室的现代化。但这番现代化的进程却伴随着一轮又一轮的节衣缩食和忍辱负重。连单门冰柜都是刘芬芳她二姐的公司用剩下的，为了把那个号称八成新的西门子牌铁箱子搬回家，杜湘东借了辆板儿车，愣是从二环边儿上蹬出了城外。路上正好碰上城管查抄无照摊贩，看见他四脖子汗流的模样，还以为是个收旧电器的，二话不说把他连人带冰柜扔上了卡车。他挤在一群卖菜的、卖袜子的以及抱着孩子卖黄色光盘的妇女中间，一直坐到看押点，这才申明自己是一警察。人家自然不信，管他要证件，证件却没在身上，于是又给单位打电话。验明正身后，协管员露出了伪军打了皇军的尴尬，连称"误会"，又哭笑不得地问："您怎么不早说呀？"

杜湘东回答："蹬累了，想蹭段儿你们的车。"

作为一名穷人，这是你能占到的少数便宜之一，而一旦既坦然又处心积虑地去占这种便宜，也说明你从困惑阶段转入了适应阶段。这桩误会的解决方案，是城管方面派了一辆小卡车，把杜湘东和他的板儿车、冰柜一起送回了郊县。经过看守所正门，刚好遇到当班的同事们去吃晚饭，大家嘻嘻哈哈地笑看杜湘东如何智取城管。这时所里的人员构成也发生了巨变：老吴那代从"革命时期"过来的管教纷纷退休，接替上来的都是从警校分过来的大学生，有许多学历比杜湘东还高，正经八百的四年全日制本科毕业。这些年轻人穿着与国际接轨的99式警服，像当年的他一样身材挺拔，面露英气。车停下，两个跟他关系不错的小伙子绕到后面问："杜哥，帮您把东西抬上去？"

杜湘东却没答应。他歪着屁股坐在车斗上，朝前方的后视镜里照了一照。在刚才的那一瞬间，他突然发现年轻同事们看他的目光是似曾相识的。在哪里见过呢？其实并没有"见"过，那是若干年前自己看待老吴的眼神：虽然亲热，但又不屑、怜悯，同时还夹杂着几分无可奈何。现在，人家也把他当老吴看了，而且在年岁上比老吴还要提前了。微微鼓起的后视镜里映出了一张滑稽变形的脸，两腮深陷，额头皱纹交错，被风吹乱的头发白了三分之一。除了牙齿尚在，他的面貌和做派都在活脱脱地向着老吴那个方向飞奔。

记得老吴退休时，反倒是扬眉吐气的。他在平谷的几间大瓦房喜迎拆迁，又利用老婆家在延庆的种菜大棚开了个采摘园。随着城市的大干快上，地广人稀的郊区冒出了一批土财主，他们举着小旗到国外豪迈地吐痰，他们开着进口汽车盘踞在村口拉黑活儿，他们在床底下藏了大摞现金以至于钱都长绿毛了，而老吴三生有幸地混成了他们中间的一员。对于故人，老吴是懂得藏富的，直到离开的前夕，他才对那些嘲弄过他、鄙夷过他的同事宣布："我他妈跟你们才不是一个阶级哪。"

但与杜湘东告别时，老吴却仿佛流露出了一丝忧伤。在办公室里，他抄起窗台上的半瓶白酒，自己先吱溜一口，又把淡绿色的酒瓶递给杜湘东，杜湘东便也吱溜一口。吱溜完，老吴拍了拍杜湘东的肩膀："这些年给你添麻烦了。"

杜湘东说："哪儿的话。"

老吴说："你好好儿的。"

杜湘东说："好好儿的。"

老吴又说："别想那事儿了。"

杜湘东说："不想了。"

没过半年，所长也离开了所里。倒不是退休，而是肩膀上的旧伤复发，手榴弹弹片钻进肩胛骨压迫了神经，一到阴天就疼得直打滚儿，上面体恤干部，给安排了个调研员的闲职，基本上是在家养着了。走的时候又赶上下雨，所以所长是用担架抬出办公楼的，只能躺着与同事们一一握手。握到杜湘东，所长虽然满头大汗，但还是格外加了把力，将他拽近了，颤巍巍道："耽误你了，我有责任。"

杜湘东说："您别这么说。没您保着，我还不知怎么收场呢。"

所长又说的话，却与老吴如出一辙："别想那事儿了。"

杜湘东再次保证："不想了。"

当年偷偷跑到大同，没抓着许文革又牵扯进了一起矿难，当地政府把电话打到了市局，询问杜湘东是什么身份、执行的是什么任务。一问才知道他是在管辖权之外私自展开调查，弄得上级很被动，还是所长求了局里，好说歹说才把对方的抗议搪塞过去。而既然两位老同志临走前都专门劝他，杜湘东实在不好意思辜负人家的苦口婆心，便也决定"不想了"。他现在需要做的，是深入贯彻一种全新的生活态度。

比如那个单门冷柜，他就没让同事帮他搬到楼上，而是摆在了看守所大门正对面的河岸上。那里有个近两年才形成的小集市，做的是前来探监的家属的生意，有卖鸡蛋灌饼的，有卖劣质服装的，还有代写申诉材料的，但就是没卖冷饮的，因为找不到冷柜电源。这可难不倒所里的"自己人"，杜湘东找了个旧接线板，又从传达室扯出来一截电线，下岗女工刘芬芳就可以奋发图强、自谋生路了。为了招徕顾客，刘芬芳又管她二姐要了个淘汰的音箱喇叭，循环播放着歌曲《从头再来》。这歌声不仅激励着她，好像也在激励着一墙之隔的犯人。而郊县现在也开始整治市容市貌了，对于路边的无照摊贩，隔三岔五也有城管查抄。城管一来，其他小贩望风而逃，只有刘芬芳岿然不动。她的大喇叭仍然引吭高歌，杜湘东则带了几个小兄弟围坐在冷柜旁，都穿着警服，手里举着冰棍和啤酒，挑衅地面对执法人员。有了警察"罩着"，刘芬芳不仅可以夏天卖冰棍，秋天卖水果，冬天还可以支个电炉子，卖鸭肉冒充的羊肉串。她一年到头都能从头再来，这点儿小小的特权终于令她对杜湘东感到了一丝欣慰，但表达欣慰的口吻还是嫌弃的、抱怨的："总算沾着你的光了。"

这么说时，杜湘东正坐在小马扎上发呆，浑身洋溢着一股酒气。现在的他无师自通地学会了上班磨洋工，还把老吴的爱好继承了下来，窗台上的半瓶白酒永远不见底，隔一会儿就吱溜一口。所以到了傍晚时分，人常常已经"高"了。耷拉着昏昏沉沉的脑袋，他好像没听见刘芬芳的话，只是望着夕阳之下的河水。上游在开发旅游，这条河也得到了治理，还和山里的水系连接了起来，景致变得颇为激滟。逝者如斯，仿佛没人记得河床还有干涸的时候，更难记得在那河床里，曾有人亡命奔逃，有人冒死追逐。

刘芬芳又说："晚上洗洗，多打香胰子去去味儿，我也让你沾个光。"

杜湘东仍然置若罔闻，眼皮上落了个苍蝇也不轰。

刘芬芳就有些气恼，她用穿鸭肉的签子扎了杜湘东一下："你是死人呀你。"

一激灵，死人就活了。杜湘东揉着脖子扭头，正待感谢刘芬芳的恩赐，恰好瞥见了驶向看守所正门的两辆汽车。前面一辆是蓝白条的警车，这并不奇怪，大约是各派出所和支队往所里送人的。既然犯罪和逮捕都不挑时候，看守所在下班时间也得随时等待接收犯人。后面亦步亦趋的却是一辆硕大无朋的奔驰，这就有点与众不同了。两车依次停下，奔驰车里跳下两个男人，一个西装笔挺，手拎公文包，另一个年轻许多，打扮得花里胡哨，还染了一脑袋黄毛，走路却一拐一拐的。俩人紧赶几步来到警车旁，簇拥着第三个男人出来。那男人身材高大，因为背对着杜湘东，一时不能看清面貌。随即又有两名警察下车，严肃地对男人们说着什么，应该正在宣布条令，但拎公文包的男人反而以同样严肃的神态和警察对答，仿佛同样手握着不容商榷的条令。这个表现令警察相当不满，但居然无可奈何，只好去按看守所正门上的电铃，催促所里的同事开门；与此同时，那个花里胡哨的小瘸子一直在跟身材高大的男人说话，哼哼啊啊地点头称是。

越过小瘸子金光璀璨的脑袋，杜湘东终于看清了高大男人的长相。和他一样，那也是一张未老先衰的脸：头发灰白，皮肤干枯，两眼像睡不醒似的往下耷拉着。不仅如此，那人就连呼吸也不匀畅，说不到半句话就必须停顿，浮出海面一般换口长气。都不年轻了，他们这样的人，注定要比一般人老得更快些。然而那棱角分明、令人想起西方雕像的脸型却还维持着原状，甚而比当年第一次走进看守所时更加令人印象深刻了。

杜湘东站起身来，痴了一般朝那男人走去。

看守所的小铁门已经打开，一名年轻管教与外面的警察简略核对，示意男人进去。小瘸子突然激动起来，抱住男人的肩膀呜呜两声，男人倒像有点儿尴尬，拍着对方的后背劝了两句。随后，他目不斜视地往里走去，那副熟门熟路的样子就像回家一样。

杜湘东终于叫出声来："许文革。"

许文革回头，隔着铁门与他对视，脸上浮现出似笑非笑的表情。那表情令杜湘东倍感熟悉，他随即反应过来，姚斌彬也曾对他这样笑过。

13

1989 年春，许文革因盗窃被捕，并与同案犯姚斌彬策划、实施了越狱。后姚斌彬被抓获，判处死刑，立即执行，许文革长期在逃。2001 年春，许文革归案。

关于许文革一案，看守所的电脑文档里只有这样一段概述。想要查阅更早的资料，电脑里却没了。后来杜湘东去问过管档案的同事，对方解释说，所里推广"无纸化办公"时有些仓促，凡十年以上的卷宗都不再专门录入。他又问手写的工作记录是否还有留存，人家的回答是："不是重建过一幢办公楼嘛，搬家时早不知扔哪儿去了。"卷宗遗失本身，也佐证着许文革一案的特殊性：1989 年到 2001 年，这是一名跨世纪的逃犯。

自从时隔多年再次见到许文革的那个瞬间，杜湘东就感到透不过气来。似有一团无形无迹，但又可感可触的东西包裹住他的心口，步步紧逼地往里压迫着。他又憋闷了。那不是一种生理的症状，而是心理的暗疾，曾经在漫长的岁月里萦绕着他、折磨着他，近些年来，他似乎掌握了消解憋闷的方法，但伴随着许文革的出现，憋闷感卷土重来了，而且比以前更加猛烈。许文革落网，这不是他洗刷前耻的唯一途径吗？他为什么会憋闷呢？

大概还是因为许文革的那个笑。姚斌彬式的似笑非笑。

那天夜里，杜湘东不仅没心情"沾刘芬芳的光"，而且失眠了。醒着似乎还在做梦，但梦又都是乱的。熬到凌晨五点，他终于躺不住了，便早早来到办公室，先对着那扇"整顿警容"的镜子披挂自己——大檐帽，风纪扣，板儿带，所有细节一丝不苟，镜子里中年人却无法再现多年前的英武。即便如此，杜湘东也不允许自己消沉着、邋遢着面对许文革。他费力地挺直腰杆，像拉直了一段因为反复扭曲而随时会折断的钢丝，往监舍走去。

十多年过去，看守所早就大变样了。办公楼是新建的，监舍也经过了整修，走廊不再阴森幽暗，节能灯将每一个角落都照得通透，关键地方还悬挂着监控摄像头。新所长以前当过领导秘书，是个有魄力也有能耐的人，总能从日渐宽松的预算里给单位争取到更多的份额。按照他的规划，以后的看守所不仅要在硬件上全面鸟枪换炮，职工待遇也会得到质的飞跃——最关键的一条就是把筒子楼宿舍统统推倒，建成正经八百的单元小区。如今北京的一套房，哪怕地处郊县，其意义也是不言而喻的，因此压根儿不用再做思想工作，大家都有了盼头，据说还有人托关系想往所里调呢。在一片高涨的心气儿里，杜湘东这种人就更显得多余了，多余得当他出现在应该出现的地方时，反而把别人吓了一跳。

最先看见他的，是等待换岗的夜班管教。那也是个年轻人，长得胖乎乎的挺喜兴，总会让杜湘东想起以前的警校同学徐胖子——偏巧也姓徐，偏巧也是哪个头头脑脑的亲戚。小徐胖子正跷在监舍走廊里的椅子上打盹，被回响的脚步声吓了一跳，险些失去平衡仰倒在地。他忙不迭地跳起来，见来的不是领导，松了口气，但等看清来的是杜湘东，似乎又提了口气，眨巴了两下眼才道："杜哥，您有事儿？"

杜湘东回答："查监。"

小徐胖子显然不相信他的说法，却笑了："您那俩屋我替您查过了，一切正常。"

杜湘东显然也不相信小徐胖子，但没笑："那你再帮我找个人。"

随后报了许文革的姓名、籍贯、年龄、体貌特征。其实不必说得这么详细，所有在押人员的信息都会被录入电脑，想查谁，一敲一点就全有了，但那些数据曾经在他的脑子里被反复温习，所以一张嘴根本收不住。

而小徐胖子动也没动，仍在笑："的确有这人，不在一般监舍，来了就进'小号'了。"

将曾经的逃犯单独关押，这表明了所里对此案的重视，也是杜湘东赞同的处理方式。他说声"知道了"，绕过小徐胖子往走廊紧里头的禁闭室走去。但眼前一晃，小徐胖子却以在胖子身上极其少见的灵活后撤两步，重新挡住了他的去路，还把胸脯子挺得老高，警服胸襟底下好像鼓出了两个小乳房。

杜湘东问："干吗？"

小徐胖子的笑就变得为难了："上面交代了，您不能见这人。"

"上面谁说的？"

"所长亲自指示的。"

"为什么？"

"说怕刺激您。"

"笑话。我一警察，要能被犯人刺激，早他妈别干了。"

"杜哥……"

"你们到底什么意思？"

"许文革是自首的。"

说出"自首"俩字儿时，小徐胖子的眼皮垂了下去，嘴唇几乎没动，发音含混不清。那神态，就好像他本人正在进行自首。这孩子跟他关系不错，小小年纪被发配到郊县，没少到杜湘东家蹭饭，夏天晚上的两瓶冰镇汽水更是免费供应，而且似乎所有胖人都自带一种画蛇添足的善良，帮不了别人的忙，却能体察到别人的痛楚。杜湘东早年的事儿，所里的同事大多有所耳闻，因此小徐胖子已经在担忧他、同情他了。从他手里跑掉的逃犯回来了，并且还是自己主动回来的，这相当于把一个恶意的玩笑开得更加不留情面。

杜湘东重复了一遍："自首的？"

小徐胖子只得再次强调："自首的。所长还说您得避嫌。"

眼前的小徐胖子几乎成了重影儿，俩乳房变成四个了。对方的话也令杜湘东产生了亦幻亦真之感，简直像是身边的人串通许文革集体密谋了一出戏，只有他一个人不了解剧情该朝哪个方向发展。而他也知道，再纠缠下去是没有意义的，小徐胖子只是执行命令罢了。他啪地磕着鞋跟转了个身，往走廊外走去。

他去找下命令的领导。新所长是个精力充沛的工作狂，每天六点就会出现在办公室，连带着职能部门也必须提前上班。但当杜湘东走进办公楼时，迎出来的却是管理科科长，告诉他，所长到局里开会去了。那不要紧，下午再来。杜湘东回了办公室，干坐了几个钟头居然不饿，挨到傍晚，重新去所长办公室外候着。这次接待他的仍是管理科科长，见面就一句："所长还没回来。"然而杜湘东刚才上来的时候，明明看见所长的那台桑塔纳2000正停在楼门口。可见人家料定了杜湘东会再来，也早定下了答复他的说辞。

硬闯自然是行不通的，如今的领导越来越像领导，要想见面必须预约，否则就算违反纪律。况且，管理科的两名小伙子正警惕地盯着他呢。杜湘东只好又回办公室。偏这时，一个电话又追了过来，管理科科长告诉他："所长让我给你带个话儿。"

杜湘东道："他不是还在市里吗？"

管理科科长没理会这句抢白："所长说，许文革这案子非常特殊，跟以前他跑的时候一样，上面又有大领导专门过问了。现在又是个特殊时期，所里的改扩建和集资建房正在审批的坎儿上，不能允许任何意外情况造成不利的影响……所以所长的意思是，你和许文革之间必须严格隔离，你最好先离开监舍，到别的岗位上待段日子。"

"你们是怕我再让许文革跑了，还是怕我把他杀了？"

"不是我们怕，是领导怕。领导定下的主意，我也只能传达。"

于是，杜湘东转岗去了内务组。消息传开，就有几个"老人儿"替他鸣不平，说这不是往人伤口上撒盐嘛。又说管教不能挑犯人，犯人却能挑管教，这哪儿是专政机关和专政对象的关系，分明是发廊小姐和嫖客的关系。但这些怪话也只敢私底下说，不能让领导听见。而对于转岗这个安排，杜湘东倒没觉得有什么不公平。真要按照条例的要求，他现在也早就不适合在监舍干了。

公然酗酒，纵容家属摆摊儿，哪一条儿不够他再写十份八份检查的？和许文革一样，他也是罪有应得。又是多么讽刺，现如今似乎只有"罪有应得"这个认识，还能说明他曾经是个有板有眼的好警察了。

好也罢，坏也罢，作为警察，杜湘东再次有了一个目标，那就是许文革。并且他有预感，许文革是一定准备"做些事情"的，否则许文革就没有必要自首了，更否则，许文革也就不是许文革了。面对生活，许文革要比自己强悍得多，强悍者一旦证明了他的强悍，就会像被上天选中一样无所不能。但因为那道隔离令，许文革虽然重现人间，对于杜湘东而言却变得越发神秘了。这种状态让杜湘东既无法自拔又无法自处，他很想找人说说。找谁呢？刘芬芳、老吴还是老所长？都不是。杜湘东觉得他能说起这事儿的，还是姚斌彬他妈。

这几年来，他每隔些日子仍会去一趟六机厂。那地方也和原先不同了，变成了一片工业废墟外加一片贫民区。厂子早已停产，作为一个老大难企业，它的运气还比不上刘芬芳所在的食品公司，没有一家外商或者私企愿意收购，留下的住户一多半儿都在吃低保。在这种环境里，要是没人照应，崔丽珍就有可能随时断米断药，还有可能被那些变得越来越刻薄的邻居们欺负。而自打从大同回来，两人之间也消除了话里有话、暗藏玄机的必要性。杜湘东曾经告诉姚斌彬他妈，许文革寄了三千块钱，只可惜按照规定，这笔钱只能由公安机关暂扣，就不能用于支付医疗费了。对于这件事，姚斌彬他妈也只是"哦"了一声，此外再无其他表态。好像在加速的衰老过程中，她学会了将姚斌彬、许文革以及她自己全都置之度外。

提起话头是在一个下午，门外照例传来了谁家婆婆与儿媳妇的互相声讨。在这个楼道旷日持久的混战里，所有晚辈统称长辈为"老丫的"，长辈则称呼晚辈"小丫的"，倒好像这些穷人祖上都是阔过的，家家养着丫头。而杜湘东正把一台窗式空调的滤网拆下来，用毛巾蘸了水擦洗——空调也是刘芬芳她二姐淘汰的，当初给了他们两台，他便把其中的一台装在了这里，却没告诉刘芬芳，只说在废品摊上卖了——他机械地挥动着胳膊，又抬头抹了把汗，突然气血翻涌，没头没尾地来了一句："他回来了。"

姚斌彬他妈坐在桌前，应了一声："哦。"

"不过不能来见您，法院还得判。"

"哦。"

"对了，自首的。"

"那还是个明白人。"

对于许文革的归来，女人这样评价。明白人，只不过明白得有点儿晚。总比姚斌彬强，姚斌彬连明白的机会都没了。但许文革真明白吗？姚斌彬真不明白吗？如果再深究，却不好说了。而杜湘东也明白，他不该再说下去了。再说就涉及姚斌彬了，有些事儿，当妈的最好永远不要明白。于是这番对话不仅戛然而止，甚至好像从没发生过。

有话没处说，那就怨不得杜湘东后来所做的那些事了。

内务组隶属登记处，其职责并非管理内务，而是检查在押人员与外界往来物品的隐晦说法。其中纸张和印刷品比较麻烦，需要审读一遍，以防传递不该传递的消息；酒是无论如何也不能流进去的，烟却还好说；至于药品和其他特殊物品，就需要专门开具证明、说清情况了。既然许文革来时有人陪同，那么收到包裹也不奇怪。转岗过来之后的第一个礼拜、第二个礼拜、第三个礼拜，杜湘东都注意到了那个包装严密的纸箱。箱子个儿不大，也就一尺见方，听科里的人说，每次都是一辆奔驰车送来的。

看着封条上的"许文革"三个字，他得默默地做上一番心理准备，这才拿起裁纸刀将箱子打开。露出来的东西虽然不在严格的犯忌之列，但又和一般犯人的大不相同。首先是七条毛巾和七套内衣短裤，都是纯棉加厚的高档货，这说明许文革的毛巾和贴身衣服都是当日用次日扔，连洗都不洗。他一个逃犯，有那么爱干净吗？难道是那些年脏怕了，反而养成了洁癖？其次是几瓶药，喷剂，标签上写着外文，后来请教了所里的年轻人，才知道是增强呼吸系统功能的，通常用在哮喘和肺纤维化的病人身上。

通过这些物品，杜湘东得以想象着许文革的状态：他独居斗室，终日不见阳光，饱受呼吸不畅的折磨，但却神经质地保持着身体的洁净与精神的冷静。这个形象是孤独的、自闭的，同时还是诡异的。回来以后，许文革仍然像个游荡在人群之外的幽灵。而杜湘东也意识到，利用如今这点儿可怜的职权，他仍然能够对许文革施加影响。

没跟任何人打招呼，他没收了全部毛巾和内衣。至于那些进口喷剂，他去咨询了一下狱医，得知许文革并无生命危险，服用药物只是为了"缓解症状"之后，便统统拧开瓶盖，将里面的液体倒进了便池。可以想见，这些东西对于许文革而言都是必需品，否则他不会巴巴儿地叫人送来，因此也可以想见，一旦断绝供应，许文革将有多么痛苦、焦虑、寝食难安。但杜湘东就是要折磨许文革，哪怕用的是他过去所不屑的"鸡贼"手段。

如今铁门里的规矩也变了，最有面子的不再是好勇斗狠的牢头，而是那些在外面能量无穷的人。在新规矩里，因为经济问题进来的商人还能遥控生意，酒后驾车肇事的富家子总能召见律师，最让人不忿的是，对于某些落了马的官员，没落马的同僚旧部还会专门打电话来要求"关照关照"。看许文革的架势，俨然已经混成了那些特殊犯人中的一员，面对物资禁运，他会有什么反应？是公然抗议还是找人求情？杜湘东拭目以待。

　　一连过了几个礼拜，关押在"小号"里的许文革却毫无声息。从小徐胖子嘴里听说，有时许文革犯病犯得厉害，平摊在地上，两手扒着胸腔，那模样就像被装进棺材里活埋的人。饶是如此，许文革从未申请过就医，关于药品的不翼而飞也没对人提及。在杜湘东看来，对方与其说是在忍耐，倒不如说是一种示威。许文革仿佛是在告诉杜湘东：当你已经变成了一个下作的老无赖，我却还是一条硬汉。

　　而杜湘东能做的，只有继续扣留、糟践那些物资。他不就是想让许文革感受到自己的存在吗？这个目的已经痛苦而漫长地实现了，但许文革的表态却令他变成了真正被折磨的那一方。在检查那些包裹信件之余，他的酒喝得越来越多，用刘芬芳的话说，隔着八丈远就能闻见一股酒厂起糟的酸臭味儿。终于，在一次"撅"掉了半瓶二锅头之后，他做出了一个老无赖所能做出的最下作的举动。他在便池前方倒掉喷剂，解开裤子，往写满外国字眼儿的塑料药瓶里撒尿。尿得不准，溅了一手，他却还没尿完就生生憋住，冲回办公室，将药瓶放进了写着许文革的名字、等待转交进监舍的纸箱。恰好赶上转运物品的手推车来了又走，杜湘东随之展开了一段遐想：许文革又快犯病了吧？最好立刻就犯，如此一来，他才能不分青红皂白地抓起药瓶，把那些浓郁的、酒精含量超标的液体趁热喷到嗓子眼儿里去。那个味儿真是甭提了，那个场面真是太解气也太他妈的变态了。没错儿，变态。即使在醉酒的状态里，杜湘东也知道应该如何定义自己的行为。都说警察这种职业很容易患上心理疾病，那好，他杜湘东总算赶上了这个时髦。变态也是被逼的，生活逼的，许文革逼的。

然后，杜湘东折回厕所，打算把剩下的那半泡尿撒完。

然后，他在门外遇到了那个代表许文革来找他的男人。

那男人杜湘东见过，前些天从奔驰车里下来的就有他。此刻他仍穿着西装，腋下夹着公文包，神情不苟言笑："杜管教吧？我是许文革的律师。"

杜湘东以醉鬼特有的嘴脸睥睨对方："律师？律师找法官聊去。"

"但有两件事，还得向您说明。"律师仿佛没看见杜湘东按着裤裆夹着双腿的丑态，语调不急不缓，"第一件，在被看押期间，我的当事人有权接收衣物、日用品和药品。尤其是药，这是医生开具过处方证明的，看守所方面必须转交。但据我所知，上述物品都被您无故扣留，这给我的当事人造成了极大的痛苦。而您的行为不仅违反了国家的相关条例，如果说得严重一些，还已经涉嫌虐待。"

"那你告我去。"杜湘东笑了，"你不就是吃这碗饭的嘛。"

律师却也笑了，那笑容还是高度职业化的："我确实提出过这个建议，但我的当事人拒绝了。进去的人嘛……多一事不如少一事，这我也能理解。"

杜湘东眉毛扬了扬："哟，许文革这是跟我卖好儿呢？告诉他没这个必要。你们不告我我还难受呢，当了这么多年警察，就是骨头贱。"

"既然是许先生的意思，那么第一件事就过去了。我想着重说的是第二件。"律师说着，将腋下的公文包打开，取出两张打印纸，递给杜湘东，"您先看看这个。"

杜湘东抬起手，展示了湿漉漉的尿渍，于是律师只好平举着两张纸，照镜子似的让他看。醉眼蒙眬，人勉强认识字，字却不认识人，但等杜湘东用比小学生念作文还慢的速度把那一千多字的材料读完后，他就尿意全无了。不仅如此，他的脑子里咔然作响，心脏也像注射了过量的肾上腺素似的狂跳了起来。他愣了许久，再开腔，就不是一个醉酒无赖的口吻了："许文革到底什么意思？"

律师向杜湘东出示的材料，是关于五年前那场矿难的，却与通常的调查报告不同，并未纠结于事故的原因与后果，而是主要叙述了亲历者之一许文革在当晚的所作所为。其中包括他带领三十余名矿工逃生，也包括他从井下把刘秋谷背了上来。

至于许文革的"意思"，律师做出了清晰的表述："许先生的案子，法院正在审理当中。他的罪名是盗窃和越狱，对于这些，我方并无异议。但在量刑标准方面，法院也必须考虑到各种特殊情况。首先，现在距案发的1989年已经过去了十多年，这十多年里，关于他的盗窃金额是否可以被称为'特别巨大'，相关的司法解释已经发生了显著变化。具体说，许文革盗窃的是一台皇冠轿车发动机，当年的整车价格大约十万元，即使是核心零部件，估值也应该不超过两万。这在八十年代算是天价，但在今天如果还被列为重大案件，明显就不妥当了。再打个不恰当的比方，假如你让女朋友做过人流，甭管是什么时候做的，在今天也不能按照1983年严打的标准判个劳教了吧？其次，当事人的认罪态度和表现也将对判决起到关键作用。许文革是自首，这一点已经毫无疑问，而我方辩护的关键之处在于，他在逃期间还有立功行为——试想当时如果不是他挺身而出，不光刘秋谷，就连其余三十多人也很可能会，或者说几乎一定会……"

听到这里，杜湘东眼前的那些字就变成了活蚂蚁，黑乎乎地爬得满天满地都是。他瓮声瓮气地打断对方："你是想让我给许文革做证？"

"对。"

"这事儿找我干吗？谁在井下找谁去。"

"我查阅过山西方面留存的资料，的确曾经有一位副矿长和若干矿工提及，是一个名叫姚文林的人把他们带了出来，也说过姚文林是个逃犯。我们很想请那些当事人来北京做证，可私营煤矿人员流动性很大，再加上时隔太久，该矿早就关停，老板都跑到澳大利亚去了，一时半会儿没法找到他们。当年一起下井的人里，我们能见到的只有刘秋谷，但刘秋谷目前已经成了许文革的生意合伙人，属于利益相关方，所以只能回避。在这种情况下，如果要在开庭之前就许文革的立功表现提请法院重视，有效的证人也只剩下您了。矿难发生时，您就在矿上，而且不怕您介意，我还通过关系看过您当年写给上级机关的检查，那上面说，您几乎抓获了化名为姚文林的逃犯许文革……如果有了您的证明，那么姚文林立功就是许文革立功，那么再经过法院核实，许文革就可以获得适当减刑……"

说到后面，律师的口吻变得啰唆，口气也软了下来。他又从公文包里拿出另一张打印纸来，是份证明书，双手递到杜湘东面前。兹证明大同某某煤矿曾有雇佣人员姚文林，系逃犯许文革化名。落款虚席以待。这些字样是用大号字体打印的，黑得更加触目惊心，在他眼里就不像蚂蚁而像甲虫了。许文革这是请他高抬贵手呢。作为一个警察，他没资格接近逃犯，逃犯却先把他这个警察查了个底儿掉，连他的检查都看过了。为了达到这个目的，他们还用私扣物品的事儿来诈他、要挟他。

杜湘东低下了头，下意识的反应只想逃开："边儿待着去，我要撒尿。"

"您尿还挺多，我等您。"

"尿完也没工夫搭理你，现在是上班时间。"

"那就等您下班。反正我的费用是按小时计的。"

犯赖没用，人家比他还赖。杜湘东侧身撞开律师，重新往厕所走去。他还计划着如果对方追上来，那就在便池边上使个回马枪，滋丫一身。可那律师没动，甚至似乎没用目光追寻他，而是叹了口气，仿佛不知对谁感叹："许文革说，您也不容易。"

杜湘东蓦然站住，后脖颈子汗毛倒立。

律师继续道："衣服和药，还有我看过您检查的事儿，许文革其实不都让我跟您提。他本来还想亲自请您为他做证，可是你们见不着面，只能由我转达。干我们这行的，都会看人，我感觉他对您的信任比对我还深。说到您，他只有一句话——这是个好警察。"

杜湘东继续静立。许久，他才慢慢抬起头来，瞪着前方却像目无一物，这使得他的姿态如同一个听声辨位的盲人。此时是下午，身边有扇窗子，光线从偏西的背后投射进来，让他的影子往东南方向伸长，不易察觉地往墙上爬去。影子一颤，杜湘东便回过身，走到律师面前，接过对方递上来的纸笔。签完字，律师无声地离开。

然后，杜湘东再次转身，走向厕所，打算接着尿。但还没尿出来，他就跪了下来，头顶着哗哗作响的陶瓷便池，哭了。

14

不久以后，案件开庭审理。

1989 年春，许文革伙同他人盗窃汽车发动机，又伙同他人于在押期间逃脱，此两项罪名成立。但对盗窃和越狱，1997 年颁布的新《刑法》与 1999 年颁布的《刑法修正案》在量刑标准上均做出了新的规定，依据"从旧兼从轻"原则，不再适用 1989 年执行的旧标准。两罪并罚，通常可以判处有期徒刑五至六年，案犯主动自首，也可酌情减判。控辩双方的争论，集中在许文革在逃期间的表现。在矿井底下救了人，这与本案并无直接关联，是否可以算作立功？即使算立功，救人的过程并不翔实，证据也不充足，是否可以作为减判的理由？检察院方面提出如上质疑。一审法院采纳了检方意见，并不认可立功情节，遂将许文革的刑期定为五年。许文革一方不服，随即提起上诉。考虑到矿难有据可查，警察杜湘东又能证明案犯当时确在矿区，更高一级人民法院并未驳回上诉请求。择日再审。

这时杜湘东明白，他那份证明起到的作用，首先是拖延时间。利用重新开庭之前的一两个月，许文革的律师又在兢兢业业且效率极高地搜集其他证据。天知道他们雇了多少人、花了多少钱、动用了多少关系，终于在河南平顶山找到了当年那位副矿长。煤矿被封、老板跑路以后，副矿长也失了业，经亲戚介绍先去了陕西榆林，后又辗转去了河南，干的都是挖山开矿的活路。被找到时，他已经患有严重的尘肺病，许文革的律师立刻替他结清了医疗费用，把他送到北京，一边洗肺，一边做证。因为副矿长大部分时间都在特护病房，所以杜湘东并未与他见面，但据说那人的证词后来成了审判的转折点。

也正是在此期间，案件开始受到媒体的关注。在那些新闻报道里，许文革被描述成了一个"迷途知返、白手起家的成功人士"，还有一档名气很大的电视节目到看守所对他进行了专访，挖掘其"心路历程"。节目播出，反响越发热烈，不仅法律界的相关人士，就连八竿子打不着的专家也都纷纷发表意见。说话的人一多，便朝着务虚的领域里去，各路人精儿又会自觉不自觉地选边儿站队，演变成了如下两种论调的激辩：第一，公平至上，资本是有原罪的，中国的资本家更是有原罪的；第二，效率优先，只有对那些"有能力的人"网开一面，社会经济才能快速发展。前者批判后者信奉"丛林法则"，后者讽刺前者要开"时代倒车"，大家离题万里，天马行空，各执一词。

这个插曲的受益者当然是许文革。把水搅得越浑，法院在量刑时，就越有可能采取折中方案：轻了不行，重了更不行。所谓"酌情"，酌的有案情、人情，当然也包括舆情。另一个间接受益者却是看守所——电视镜头里的监舍整洁明亮，管理有序，建设成绩斐然，这相当于用事实回应了近些年来针对我国司法体系的恶意抹黑。上面因势利导，把单位树成了典型，于是新所长更忙了，他得隔三岔五出去做报告，还得逢年过节带着一群眼泪汪汪的在押人员包顿饺子，以供宣传使用。

也是经由媒体报道，杜湘东才弄清了许文革的另一个身份：他已经是一家汽修企业的实际控制人了，厂子在南方，手下雇着百十号人。尽管奔驰车、一天一扔的毛巾内衣和按小时付费的律师都透露出了类似的可能性，但确切得知这个信息，还是令人倒吸一口凉气。当然，这其中的许多细节有待补充，比如许文革究竟是通过什么途径"发迹"的？再比如许文革既然是个逃犯，又是如何管理资产、运营企业的？只不过除了杜湘东以外，并没有什么人真会关注那些疑点。人们需要的只是一个励志的传奇，一个暴富的神话。

也有记者深挖到了杜湘东这条线索，希望能从他那儿得到"一手资料"，从而进一步佐证那个传奇，烘托那个神话。了解对方的目的后，杜湘东粗暴地予以拒绝："滚蛋。"

两个月后，二审宣判。依据《刑法》，犯罪分子的"立功表现"是指揭发他人或提供重要破案线索，并经核查属实，因而在狭义上，许文革的救人行为不能算作立功，但按照最高人民法院颁布的《关于处理自首和立功具体应用法律若干问题的解释》，许文革具有明显的悔罪表现，并对社会做出了重大贡献，因此仍可参照相应的减刑标准处理。最后判处有期徒刑三年，立即执行。也就是说，上诉目的已经达到。

不管怎么说，这桩跨世纪也跨过了杜湘东年轻岁月的案件，终于在法律层面上尘埃落定。许文革被移交给监狱的当天，刘芬芳提早收摊回家，炖了一锅猪下水。老所长和老吴也打来电话，如出一辙地问："不想了吧？"杜湘东回答他们："早不想了。"
然后老所长跟他交流了养生，老吴则介绍了自己在东南亚几处海
滩胜地的见闻，"都他妈大洋马，扒开屁股才能找着裤衩儿"。又
过了几天，所里传达通知，杜湘东结束了短期轮岗，重新回监舍
工作。可见对于他这个"老人儿"，所里还是留着三分面子的。

杜湘东却表示："我就留在登记处吧。"

新所长以为他还在闹情绪，安抚道："杜哥，工作离不开
您。再说您当年不都是主动申请到一线、到困难的岗位上去吗？
这个传统得发扬啊。"

杜湘东说："当年是当年，现在就想图个舒服。"

他说的是实话。至此，杜湘东已经目睹许文革实现了他的全
套计划：随着法制进步，当年的案子如能拖到今天再审，对罪犯
是极其有利的，再加上自首和立功等因素，许文革只需要坐上不
长时间的牢，就能以很小的代价洗白自己——而恰恰是因为"发
了"，今非昔比了，许文革才无比迫切地渴望洗白。如果说许文
革是一个幽灵的话，那么他是一个随时准备回到阳光之下的幽
灵。某个年月把他从人变成了鬼，但在随后的年月里，他又从鬼
变成了人。这么想着，杜湘东仿佛又身处在矿井深处，和许文革
一起经历着黑暗中的天崩地裂。他仿佛还看到，当井下所有人都
在仓皇失措时，许文革的眼里却闪烁着孤注一掷的光芒。许文革
早就开始设计他的计划了，并为此稳扎稳打，步步为营。而再反
观自己，却全然是一个懵懂的、被动的人，他只配被人牵着鼻子
走。如果说当年的杜湘东只是承认了失败，那么现在，他还感到
了彻骨的乏力。

于是他不仅从管教的位置上退了下来，进而还变成了这样一

副形象：骑一辆破烂自行车，后座上斜插着一根劣质鱼竿。如果离近了，能闻见他身上酒厂起糟的味儿更浓了，还能听见他的怀里有只蝈蝈正在吱吱乱叫，听那五音不全的调门儿，好像也被熏醉了。如此全副武装的杜湘东从宿舍出发，或者找河边清静的地方下竿儿，或者到山脚下给蝈蝈挖野菜，或者去为下岗女工刘芬芳的冷饮摊上货，总之难得到所里照个面。对于单位，他有一种很公平的态度："我不烦他们，他们丫的也别烦我。"而现在，别说领导了，就连交情不错的几个小伙子也对他敬而远之。大家除了觉得跟他混在一起"影响不好"以外，仿佛还害怕从他那儿沾到什么晦气。人们对他的称呼也变了，从"杜哥"升级成了"杜爷"。这个"爷"当然不是"爷爷孙子"的"爷"，而是"北京大爷"的"爷"。定居郊县十几年，杜湘东终于混成了一个别人眼里的北京人。

"你堕落了。"另一个北京人刘芬芳抱怨道。

"我不早这样了嘛。"杜湘东回答。

"那你就是越来越堕落了。"刘芬芳又说。

杜湘东不忿："难道我就没有堕落的权利吗？"

听他这么反问，刘芬芳就没话好说了。也许她还在心里做了一番权衡：比之于奋发的杜湘东，堕落的杜湘东才是适合于当丈夫的。况且一个穷人，能在堕落这事儿上拥有多大的资本和想象力？毕竟不赌嘛，毕竟不养女人嘛，毕竟还知道给家里干点活儿嘛。那么堕落就何止是天赋人权，简直是值得提倡的了。而刘芬芳没话好说，杜湘东也就失去了对堕落进行深入阐述的机会。那种反思只能在暗地里进行：如果说以前堕落，是因为不知道许文革身在何方，那么现在堕落，不妨可以算是他为了适应"许文革回来了"这一现状所做的努力。表面上是同一种堕落，骨子里却有不同的内涵。

如此说来，即使到了今天这步田地，许文革仍然还在萦绕着他，纠缠着他，改造着他！这个发现将杜湘东吓出了一身冷汗。

而此后的两件事，让他不得不承认确实如此。

第一件事发生在半年以后。那天晌午，杜湘东照例出门，自行车后座的鱼竿上挑了一只等待收纳战果的塑料袋，迎风一抖，如同旗帜，上书五个大字：维纳斯妇科。这阵子刘芬芳在闹妇女问题，小肚子疼，正好听说县城有家私营医院开业酬宾，免费门诊，便去看了一趟。杜湘东骑过看守所正门，忽听有人叫他。那声音钻进耳朵里，既刺耳又隔阂，偏又似曾相识。一歪头，就看见门前停了一辆大切诺基，车里跳下了那位上警校时总跟他较劲的同学。同学还在干刑警，因为破过几桩震惊全国的大案，现在已经升了某个城区刑侦支队的一把手了。这些消息也是在新闻里得知的。

杜湘东溜车过去，像狗撒尿似的一脚蹬在大切诺基的轮毂上，用同学当年的口气打招呼："哟，稀客呀。"

然后他才眨了眨眼，略感茫然。这位身居要职的故人怎么会来找他，并且看那架势，还是专程下乡来找他。而自从提拔到领导岗位，同学就学会了收敛傲气，或者说，反而没必要傲气了。他笑笑，和杜湘东握手，话说得既亲热又带着责备："打电话你不在办公室，找你们所长也不知你在哪儿。都什么年代了，你也不配个手机。"

杜湘东干硬地迸出几个字儿："你要干吗？"

同学继续笑道："找你核实个事儿。那事儿你可能不想提，但也请担待着。当年为了那个叫许文革的逃犯，你不是跑过一趟大同吗……"

杜湘东更加干硬地打断对方："那案子早结了。没结之前，你们不也撒手不管了吗？"

同学道："我想说的也不是许文革，而是你找许文革时，我给你介绍过一个当地的警察。他带你去查过线索，还跟你一同进过矿区。这人你还记得吧？"

杜湘东与同学对视，眼前浮现出一个人影。那警察瘦高驼背，满脸通红，浑身脏兮兮的，当初刚见面，他就自我介绍过，姓徐，不过后来竟忘了人家的称呼，只记得长相如同一只蹦跶在土里的大虾米。杜湘东这辈子唯一一次过了把刑警的瘾，正是在那个老徐的陪同下完成的。追许文革时，如果不是老徐把他拽出了矿井，没准儿命都送了。

见杜湘东迟疑着点头，同学就一股脑儿地说开了。他说老徐以前是省里有名的破案能手，门路广，脑子活，关键时刻反应奇快，不只杜湘东，就连他本人也承蒙老徐救过一命。当时是到山西抓一个抢劫犯，刑警同学在路边摊上看得真切，扑上去就要按人，没想到对方从怀里掏出一把鸟铳，顶住了他的头。正在这个当口，一旁策应的老徐及时赶到，一把攥住鸟铳，把枪口抬向天上，不仅救了警察，也没伤及群众。只可惜这样一条汉子，却在最不应该的地方翻了船。他很早离婚，前妻和女儿住在太原，女儿升初中那年，因为没户口，得交一笔择校费，但穷警察又怎么交得起？恰好有个认识的生意人说能联系上省城重点学校的领导，还说择校费可以由他先垫着。虽然知道天上不该掉馅儿饼，但因为常年感到对不起女儿，老徐也决定把钱借了再说。没过多久，便发现那生意人身上还背着一起伤害案，是讨债时指使黑道把人手剁了。对方求老徐放他一马，老徐不答应，依旧抓人。到了牢里，那人就反咬一口，揭发老徐勒索、受贿。虽然打了借条，又是在不知案情的状态下拿的钱，但追究起来仍属犯忌，于是老徐被从一线调离，找了个闲职挂着。

这一挂，就挂了七八年。但却闲不下来，不光许文革这个案子，地方上再有什么棘手的案情，仍会抽调老徐帮忙。老徐也不拒绝，他也许还幻想着上面既然用他，那就还有被"摘下来"的可能性。结果到了上个月，就出了事儿。铁路警方要端掉一个列车上的盗窃团伙，知道老徐熟悉地形，请他在大同段配合一下。但前两个站点收网过早，又没把人都抓住，余下的案犯被逼红了眼，刚看见身穿旧警服的老徐上车，就有一个十四岁的孩子迎了上去，照着肚子攮了一刀。老徐把眼一瞪，说声"小兔崽子，拳头还挺硬"，随后一头栽倒。等送到医院，发现肝脏被捅破了，又抢救了半个月，还是没救过来。

老徐死前，断断续续还有意识。这时上面想起来，还有一位得力干警正被"挂着"，于是位复原职，立功嘉奖。以前的领导赶到医院，把那份决议逐行逐句地念给老徐听，上面列举了老徐从警生涯的诸多事迹，倒像提前念了一份辉煌的悼词。刚念完，老徐便昏了过去，过了片刻又自己醒了过来，对领导说："还差一条呢。"

领导手忙脚乱地问："差哪条？"

老徐说："我还拒过贿。"

听到这话，领导就有点儿尴尬，问："还有这事儿？"

老徐就把何时何地拒过贿说了。听着同学复述，杜湘东也想起了当年他和老徐坐在洗浴城包间里的情形：俩警察一左一右，中间夹着煤矿老板和几沓现金。

刑警同学收尾道："凭他以前破过的案子，足够当个省级以上英模的，但非要在材料里添上一条拒贿，就有点复杂了。没过几天，老徐就突发大出血去世了，所以这事儿算是他的遗愿，领导没法儿拒绝。可他又在钱上有过纰漏，而且当年告他的人还放出来了，怕就怕再咬起来，打了英模的脸，也打了组织的脸，那样影响就恶劣了。最后上面给出意见，一定要对老徐的说法再做核查，只有证实了才敢往材料上写。他们省厅的人先找到了我，让我私下跟你了解一下，你们当年到底拒没拒过贿，当时老徐又是个什么反应……"

"我能证明。"杜湘东说，"有人行贿，老徐拒了。"

"你呢，也没拿？"

"他都凛然成那样了，我怎么好意思拆他的台。要不是他，我还真不好说。"

"你实事求是就行，不必……"

"怎么着，山西那边信不过老徐，你也信不过？"

"我说的不是他，是你。没必要再踩自己一脚，据我所知，你也不是那样的人。"

"那你看我是他妈哪样的人？"

杜湘东吼了一声，却不雄壮，好像掐着嗓子嘶鸣。他扒在轮胎上的脚还抽筋儿似的一蹬，大切诺基纹丝不动，屁股底下的自行车先歪了，令他一个踉跄翻倒在地。刑警同学没再出声，从大檐帽底下冷冷打量着他。杜湘东叉腿坐了片刻，跳起来，一边噼啪拍打屁股，一边要过纸笔，也不回办公室，趴在汽车鼻子上写了一份证明。世事真是一环套着一环，跑了趟山西，还牵扯出了这么多案中案。他是第二次给人做证了，不过这次晚了。许文革活着，老徐却死了，还是死在一个小毛贼的手里。杜湘东一边写，一边心就疼了起来。他还感到喘不过气，得不时抚着胸口往下顺顺。用了两张纸，总算把该说的话说清楚了。同学接过材料，替杜湘东把自行车扶起来，仍未言语，走了。

过了俩月，老徐的噩耗渐渐在他心里淡了下去，另一件事却接踵而至。

杜湘东仍保持着探望姚斌彬他妈的习惯。好像脑子里藏着一枚闹钟，走得不准，但却迟早要响，敦促他去例行公事。而最近几趟过去，便在那个十几平方米的房间里嗅到了别样的气息。先是每次进门，都觉得屋子干净了，摸摸窗台柜角，连北方城市难以避免的浮土也不见了；其次是盛米的塑料桶、装菜的竹筐总会满满当当的，甚而还有水果，并且不是附近菜市场里的寻常货色，无论苹果橘子都大而饱满，打了一层锃亮的蜡。

对于这些变化，杜湘东向姚斌彬他妈打探过。得到的回答是："他们送来的。"

这个说法无疑过于笼统，但也是标准答案。随着越发地老了、虚弱了，这半年来，姚斌彬他妈仿佛失去了辨人的能力和兴趣。从她嘴里几乎听不到完整的人名，而是用代词指称一切：我，你，他，他们。我还不饿。你来了。他把我的暖壶踢翻了。至于这里的"他们"，可以是厂子的工会，也可以是街道乃至区里的福利机构。跨了世纪以后，国家貌似从捉襟见肘的窘境里缓了过来，就连对于原先被刻意遗忘的困难群体，也能腾出手来照应了——可惜往往也就是一阵风，为的是配合什么检查什么活动。

当然，"他们"还可以是别人。杜湘东又问："他们是谁？"

姚斌彬他妈便吃力地歪着脑袋，半晌才答："他们就是他们。"

问也没用，再问就是故意逼人了，杜湘东不忍心。而他倒存了一丝悬念，想看看"他们"还要怎么表现。横竖也没事儿，他去得更勤了。那天又是周末，杜湘东骑着破车来到六机厂家属院，一进门，就见姚斌彬家的楼下停了一辆救护车，却不打闪灯，也不鸣哇乱叫。当年翻捡垃圾的老太太早不知哪儿去了，接替她的是个中年妇女，脾气倒比前任随和，看见杜湘东，点头招呼："来啦？"

杜湘东说："来啦。"说着瞥瞥救护车。

妇女便意味深长地说："崔大妈命好。"

那一刻，杜湘东魂飞魄散。在穷人的语境里，死得痛快或者死得不破费，就算"命好"了。他不敢多问，三步两步上楼，便看见姚斌彬家门口围了一群人，正伸着脖子往屋里观望。掀开布帘子，又露出几个穿白大褂的医生护士，围着姚斌彬他妈或问询或安抚，手上还操练着一些仪器。姚斌彬他妈却安然无恙，像无数个日子一样坐在桌前，神色出离。见到杜湘东进来，她才开口："你跟他们说说。他们问的我都不懂。"

杜湘东既问姚斌彬他妈，也问医生护士："让我说什么？"

一个中年医生接口道："你是她的监护人？"

杜湘东摇头："她又不是孩子。"

"听邻居说，这些年来，你一直在照看她？"

"也是得空儿才来一趟。"

"请介绍一下她的生活情况吧。"

"很简单……睡觉起床，烧水做饭。吃的我都提前备好了，菜尽量买存得久的，土豆大白菜什么的。得按时吃药，所以我写了个字条，贴在桌子上。以前她还自己去拿药，后来懒得动窝儿，我就得勤着点儿检查她的药瓶，快没了就替她跑趟医院。像上厕所和洗澡这些事儿，对她来说很麻烦，不过练了这么多年，基本上自己也能做了……我原先工作挺忙的，靠我一人肯定不行，还是多亏了邻居们。"

他说完，看看屋外。邻居们纷纷点头，附和杜湘东，有的说"在偏瘫的里面，她这样儿的算好的啦"，有的说"崔姐这人好强，很少给人添麻烦"，还有的没等谁来表扬，先客气了起来，"这不应该的嘛，街里街坊的"。一时间焕发了这年月这环境里少见的脉脉温情。

然而问的人可不满意。一个护士撇嘴道："怪不得这么瘦，光吃土豆白菜了。"

立刻有人顶她："你查查我们的工资条儿，想吃鲍鱼你给买去。"

另一个护士说："老人身上都有味儿，估计半个月也洗不上一回澡。"

又有人说："别说她了，我们都这习惯。你闻闻我，我也有味儿。"

杜湘东把话头转向医生："你们又是哪个医院的，谁通知你们来的？"

对方回答，他们不是医院的，而是城北一家疗养院的。有客户预交了费用，让他们上门给崔丽珍做一次家庭体检。那家疗养院杜湘东也听说过，在电视和报纸上都打过广告，据说是按国际标准建的，价钱自然也是国际标准。医生又把杜湘东往屋角拉了拉，低声问："那么老人发病之前，您还观察到什么症状没有？"

杜湘东说："她是老病号儿，认识我之前就中风了。"

"我说的不是中风。"

"还有别的毛病？"

"对，我们怀疑她得了阿尔茨海默病。"

这个洋词儿把杜湘东唬住了，他严峻地看着医生。

医生解释道："也就是老年痴呆。当然，按照你的说法，老人不是还能基本自理嘛，这说明情况还不算太严重。不过她现在的生活环境……确实成问题，医疗条件也跟不上，很不利于进一步检查和治疗。说句不好听的，等彻底糊涂了就晚了。所以我的意见是，立刻让她到疗养院先住下，再由院方安排就医。"

"你们想把她接走？"

医生笑了："我们疗养院的门槛也挺高的，哪儿能说去就去？"

说完撇下杜湘东，靠窗去打电话。说不几句，转过身来："客户表示，费用不成问题。只要老人去了，我们就能安排陪护，还能组织专家会诊。咱们收拾收拾吧。"

杜湘东脑子"嗡"了一声："一个大活人，你们哪儿能说弄走就弄走？"

"瞧您说的，好像我们是个强制机构。其实听邻居说，您才是个警察吧？那我们就向您这位警察同志汇报一下。走之前当然得办手续，但您不是老人的家属，也不是法定监护人，所以手续不是经过您来办。幸好不是还有单位嘛，现在那位客户已经去找厂里了，只要厂里同意，就是符合相关规定的。而说到底，这一切的大前提，还得是老人自己同意过去……"医生说着又笑了，这时便有护士拿出一本宣传画册，平铺在桌前，向姚斌彬他妈展示疗养院的硬件和软件——阳光套房、绿地水系、护理团队、康复中心。而医生的口气循循善诱，又像是在探讨一个多此一举的话题："崔阿姨，您想住到那里去吗？"

姚斌彬他妈把眼睛从画册上挪开，看向桌上的一副相框，没听见似的。

医生又道："您说句话。再好的地方，也得愿意去才是真好。"

姚斌彬他妈仍失着神，眼睛也没转一下。

这时楼下又传来了关车门的砰砰闷响。杜湘东探向窗外，便看见了那辆奔驰轿车，车上下来两个人：一个是秃顶，从上往下看去好像一只鳖；另一个满头黄毛，好像一朵菊花。"菊花"与"鳖"脚步急促，噔噔噔地跑上楼来。走在前面的秃顶男人大概是个领导，虽然厂子停工，可编制还在，那么"班子"就得维持运转。邻居们见了他，纷纷撇嘴，而秃顶也并不指望受到欢迎，自顾自地走进屋里，表演起来。他先对姚斌彬他妈嘘寒问暖了一番，然后宣布，崔大姐去住疗养院，"这是一件好事"，虽然厂里"也舍不得"，但是"为了您着想，态度是十分支持的"。这么说时，他身后的年轻人却往杜湘东身边挪过来。这人穿得花里胡哨，两只皮鞋锃亮，步伐却踩出了强弱对比极其鲜明的切分音。对视一眼，面无表情，但杜湘东认出了小瘸子，小瘸子也认出了杜湘东。其实早该想到的，小瘸子就是刘秋谷，许文革从矿井底下背出来的那个孩子。他截了肢，但又踩着一条假腿站起来了。除了这条腿，他从打扮到神色都是一副"小开"模样：轻狂、浅薄。

刘秋谷的目光在杜湘东脸上停留片刻，突然变得冰冷。随即，他故意忽略了杜湘东，转而和医生讨论起了疗养院的费用问题。医生说，具体数目他也不清楚，做报价单是财务的事儿，但刘秋谷仍要响亮地追问："大概多少，一年二十万？三十万？"

"差不多吧……基本费用三十万足够了。"

"有没有更高档的？我们掏双份儿，能再多几个人伺候着吗？"

他也在表演，不仅演给邻居们看，还演给杜湘东看。而在邻居们波澜荡漾的感叹中，在杜湘东的沉默中，姚斌彬他妈却突然说话了："我不去。"

医生以为自己听错了："您说什么？"

姚斌彬他妈重复："我说我不去。"

秃顶男人也替她着急起来："这算怎么话儿说的？您看……"

刘秋谷这才慌了神。把姚斌彬他妈"伺候"起来，这一定是许文革交代的任务，任务完不成，就是辜负了救命之恩。县城版的霸道总裁演不下去了，取而代之的是孩子般的委屈，他走近姚斌彬他妈，哀求道："婶子，别呀，咱再商量商量？"

姚斌彬他妈瞥他一眼："我不认识你，跟你商量不着。"

那么跟谁商量？众人又都看向杜湘东。杜湘东的心沉了沉，很想叹口长气。他也靠到桌前，俯身蹲下去，看着姚斌彬他妈的眼睛。

"这是许文革接您来了。"他哽着嗓子，轻声说。

女人似是一震，把手探过来，抓住了杜湘东迎上来的手："我知道我该去，老麻烦你，我也不好意思。但我就怕一件事。"

"您说。"

"我怕姚斌彬回来找不着我，着急。"

"姚斌彬他……"

"杜管教，不瞒你。"女人舔了舔嘴唇，"姚斌彬他有罪，跑了，去山西了。"

她虽然还记得姚斌彬和许文革，但脑子里的事实却都乱套了，张冠李戴了。也正是女人的这句话，让杜湘东不得不相信了医生的判断。他紧紧握了握女人的手："我还常来呢，碰见姚斌彬，就让他找您去。"

姚斌彬他妈就闭了眼，把身子往后一靠，一副任凭处置的姿态。人们松了口气，各自行动起来。医生指示护士到救护车里去搬轮椅，刘秋谷接过几张表格唰唰签字，秃顶领导动员群众，现场开了个小规模的欢送会。床单、被褥、换洗衣服都不用带，疗养院里有现成的，只要把证件、药方等小件物品揣进一个牛皮纸袋，就算收拾停当。住了一辈子的地方，走时原来如此简单。叽喳忙乱之际，姚斌彬他妈和杜湘东一个坐，一个蹲，俩人手还握在一起。

终于，女人被搀扶起来放进轮椅。她回头又找杜湘东："看我去，啊！"

杜湘东说："看您去。"

姚斌彬他妈被簇拥着推下了楼，门外的喧哗逐渐减弱，直至陷入静谧。杜湘东却一动不动，还蹲在地上。十几年了，这间小屋几乎和他头次来时一模一样。因其不变，也就掩埋了那些深夜痛哭的悲声与皓首枯坐的身影。对于杜湘东而言，这儿就像一个避风港，可以把那些困顿和屈辱隔绝在外，而现在，避风港即将垮塌。

　　窗外起了风，阳光肆意横行，铺天盖地的流云的影子在水泥地上掠过。杜湘东心里突然起了个念头。许文革，老徐，他们都是扑在尘土里也身上带光的人，而在此前的那些年里，他本人的存在价值仿佛仅仅是为了陪衬"他们"，以显示"他们"才是强悍的、磊落的、高尚的——所以他才会长久地憋闷，憋闷得让他忘了自己也是能发光的。现在，他必须做点儿什么了。他得换个角色，还得向他所处的世道讨个说法。况且他想干的事儿还不仅仅是为了他自己。杜湘东往身旁扫了一眼，看见桌子底下倒扣着一个简陋而古旧的相框。这东西一直摆在桌角，而方才走得仓促，落在地上竟无人察觉。相框里插着一张黑白照片，中间的女人四十多岁，面庞清秀，眸子闪亮，在她身后一左一右，站着两个身穿工人制服的稚嫩青年。姚斌彬死了，许文革还活着。姚斌彬的一条命，换来了许文革的重新做人。这公平吗？虽然姚斌彬毫无怨言，也不可能再有怨言，但杜湘东还是要问，这公平吗？有了这句发问，杜湘东就不感觉自己是孤独的了，他还多了一个同伴，那人是姚斌彬。

　　他把照片从相框里抽出来，揣进上衣口袋。离开之前，他朝窗子的方向凝视片刻，点了点头。那透亮的虚空里，似乎有个姚斌彬对他似笑非笑。

15

杜湘东破天荒回了趟办公室，只做一件事，就是给当年的同学打电话。失联已久，许多人早就搬家了，更有些人连工作单位都挪地儿了。他只能通过找得到的询问找不到的，顺藤摸瓜地逐个儿串联起来。幸亏上学时人缘不错，同学们还愿意记得他：

"你真是杜湘东吗？"

"杜湘东，你可算冒头儿啦。"

"他妈的老杜，这些年死哪儿去了？"

面对杜湘东提出的"聚聚"，有人痛快答应，有人吞吞吐吐地搪塞，还有人表露出了情有可原的谨慎。毕竟大家都忙，更毕竟一些人已经坐上了相当敏感的位子，别说多年不见的同学了，就连他亲舅舅找上门来都得防着一手。令人欣慰，当他赶到上学时常去打牙祭的那家小饭馆时，就见门口停了好几个警种的车辆。最威风的当然是刑警支队长的大切诺基，经侦总队副政委的那辆霸道也不错，车里还候着个司机。在走进包间的客人里，杜湘东的模样无疑是最寒酸的，甚而带了三分滑稽。他歪戴着帽子，裤腿一高一低，后襟上沾了一块来路不明的油斑，怀里鼓出个包，居然是个蝈蝈罐子。他也纳闷为什么要带着蝈蝈进城，于是出门找了块草地，把那小虫放生了。

再折回去，推门进屋，一群警官正在热闹，拍着桌子互相说"老了老了"。看见杜湘东，齐声欢呼，"老了老了"更加不绝于耳。这才是同学聚会的气氛，谁也别挑剔地方，谁也别找理由挡酒，谁也别因为肩章上比人家多了一颗星一条杠就装大尾巴狼。干了？走着。悠悠岁月，欲说当年好困惑。酒量可以啊老杜，以前可没见你能喝。也是锻炼的结果，你们拿茅台练我拿二锅头练。说这个就没劲了啊。我没劲，我自罚。

桌上的酒瓶都见了底儿，恰好一个小高潮结束，场面陡然静了下来。有人脸红，有人脸白，所有人都垂了脸，用近乎慈祥的眼神看着杜湘东。

"有事儿就说吧，老杜。"开口的是刑警支队长。

杜湘东没言语，再次举杯，手一抖，洒了大半。

"大伙儿都不是闲人，今儿是为你来的，你就甭卖关子了。"其他人也道。

"那我就直说。"杜湘东把酒杯往桌上一顿，"你们帮我查个人吧。"

"查谁？"

"许文革。"

场面更静了。片刻，还是刑警支队长说："这些年你的那些事儿，不光我知道，哥儿几个也听说了。大伙儿都想劝你一句，人不能跟自个儿过不去。"

"可我觉得事儿还没完。"

"法院都判了，你还想怎么着？"

"别跟我讲法，我他妈也是警察。但法律是法律，道理是道理。"

"话可不能这么说，要是都像你一样，社会不就乱套了吗？"

"要是都像他许文革一样，那才乱套了呢。"

"老杜，你这就有点儿轴了。人轴不完全是坏事儿，但要在不该轴的地方轴，那就真是坏事儿了。说句不该说的，我们也都觉得你挺可惜的，不过——"

"不可惜，谁也别替我可惜。我早想明白了，混得不好是我活该。你们是干大事儿的人，我就配当个臭管教，而且连个管教都当不好。我给咱们这帮同学丢人了，我都没脸来麻烦哥儿几个。但我心里憋得慌，那感觉比坐牢还难受……我没本事，我就是一废物，要没你们帮忙，我是真过不去这个坎儿了……"

说着，杜湘东就"出溜"到桌子底下去了。他的嘴里和鼻子里流出了混杂的汁液，拉着丝儿吹着泡儿，汩汩地淌进了脖领子。他兀自口齿不清，喃喃不止。他进而又左右开弓地抽着自己的嘴巴，噼啪作响，转眼让脸肿得像个猪头。同学们都来拉扯他，劝他"别介呀别介呀"，人堆儿底部的猪头却突然变成了一只鲸鱼，"哇"的一声，天女散花，酒精度数极高的呕吐物喷了众人一身。

这也是那天晚上定格在杜湘东眼前的最后一幕。次日在学校招待所醒来，他已经全然记不得头天说了些什么。然而没过多久，来自各个渠道的信息就陆续汇聚了起来。他相当于用鼻涕眼泪把在京公安系统粘连在一块儿，展开了一次联合调查。用刑警支队长的话说："我们这些人，大枪顶脑门子上都不怕，就怕自

178

己兄弟要苦肉计。"

　　而他的同学不是领导也是老油条，都明白这样的调查应该被控制在怎样一个"度"里。一言以蔽之：违反纪律的事儿不能干，授人以柄的事儿不能干。但他们也告诉杜湘东，所谓的"度"往往又是微妙的、含混的，打打擦边球也不是不可以。话说到这个份儿上，大家心知肚明。杜湘东先到刑警支队长那儿报了个案，说姚斌彬他妈失踪了。失踪了自然要查，尽管没过几天就得知崔丽珍住在城北的养老院，但养老院是许文革授意安排的，而许文革又正处于服刑的特殊阶段，那么就势查一查这个人，也是有其必要性的了。

　　更得感谢这些年的技术进步，群众雪亮的眼睛早已进化成了由芯片、二极管和数据库组成的庞大的复眼结构，一个人再怎么隐姓埋名，只要还和社会有接触，他所留下的痕迹都会记录在案。信息汇总到杜湘东这里，又可以拼凑成一部许文革的发迹史。

　　大致分为如下两部分。

　　首先是在逃期间。当年许文革离开矿山，立刻南下广东。他先后使用多个化名，在各式各样的民营工厂干过活儿，但都不甚得志，最多也就干到了"拉长"。转机出现在跳槽到汽修行业之后。他本就是一名娴熟的技术工人，又对机械极感兴趣，刚一入行就显现出了过人的本领。什么车他都敢上手，什么车他一上手就能转，渐渐就在汕头一带闯出了名气，乃至于深圳、广州都有人专门请他去维修一些走私的豪华车。有老板想替他出资，怂恿他单干，但许文革都没答应，直到遇上了刘秋谷。

　　当时刘秋谷拖着一条腿，也来沿海地区讨生活，原打算用

179

他哥的抚恤金做点儿生意,结果被人骗得精光,沦落在夜市里乞讨。许文革把他捡了回去,提议俩人合伙干,本钱自己出,却让刘秋谷出任法定代表人。这么安排,当然有其目的,但刘秋谷一来走投无路,二来把许文革视为救命恩人,因此甘当逃犯的傀儡。此后,许文革便展示了一个商人的才能和胆识。他跳出家用车市场,转而盯上了爆发式增长的物流业——几乎所有南方工厂的货物都得用大卡车源源不断地运往港口,但卡车一旦坏在路上,厂家的售后网点又辐射不到,常常会前不着村后不着店地耽搁许多天。许文革的"点子"恰好可以解决这个问题。他也不租门店,用全部积蓄招聘工人、租赁面包车,再加上言传身教,很快带出了一支过硬的维修队伍。他们像工蚁一样沿着货运线路游走,只要有卡车"趴窝",一个电话就能迅速赶到,该修的修,修不好的拖到汽修厂,转手又能挣一笔介绍费。这种经营模式胜在机动性强、成本低廉,在那个年代绝对属于"一招鲜",刚一试水就赢得了极好的口碑,进而说动了几个原先认识的老板入股投资。此后的几年,许文革几乎是在夜以继日地劳心劳力:发展加盟的维修站点,和卡车制造商洽谈专修授权,遇上特别重大或者特别棘手的情况还得亲自"出现场"……公司的规模也像滚雪球一样膨胀起来,业务扩展到了广东全境。

自然,无论是融资还是合作,抛头露面的都是刘秋谷,许文革只在背后操纵。

其次就是入狱以后。许文革的逃犯身份公之于众,股东们果然被吓了一跳,不过很快明白他自首是为了洗白,所以非但没有撤股,反而纷纷帮他介绍律师、疏通门路。生意人考虑的是钱,只要许文革能替他们盈利,那些人才不管他有没有前科。而许文革身在监狱，胸怀天下，又开始着眼于一个新的商机。这两年，随着山西、内蒙古遍地开花的挖矿运动，西北方向已经取代南方沿海，成了中国最为繁忙的交通运输线路，但山区地形陡峭，路况拥堵，卡车走走停停，刹车系统不堪重负，往往会酿成恶性事故。针对这种情况，许文革斥资买下了几项增强卡车制动力的专利技术，比如更换耐高温的陶瓷刹车片、加装稳定可靠的气动总泵等，并且决定在北京设厂，建立起集制造、销售到改装、维修于一体的全产业链。他也明白，要实现这个目的，最可行的方法就是与国企合资，如此一来，既能利用对方的土地和厂房，同时也能获得政府的支持。于是他委托金融顾问与咨询机构，专程对一家经营不善的本地工厂进行了评估，据说即将进入实质性的洽谈阶段。

"哪家厂子？"听到这里，杜湘东问。

"第六机械厂。"负责转述消息的刑警支队长说。

杜湘东一阵发蒙。原来刘秋谷出现在六机厂，可不仅仅是为了安顿姚斌彬他妈。而急于"腾笼换鸟"的工厂在北京还有很多，许文革偏偏挑中了这一家。正在恍惚，刑警支队长又抛出了一个更加令他发蒙的消息：入狱不到一年之后，许文革即将保外就医。理由是他患有严重的哮喘，目前已经发展到了生活不能自理的地步。至于病因，可能是他曾经在井下干过重活儿，但也和长期以来的昼夜操劳、精神紧张不无关系。

好一会儿，杜湘东才接话："病情属实吗？"

刑警支队长道："许文革也算个名人了，就算想瞒骗，也没人敢给他行方便。"

"那他的生意呢，也没违过法？"

"经侦的兄弟看过他公司的纳税记录和财务报表，起码账面上没毛病。不过说句不好听的，咱们国家的生意人，就算发家靠的是脑子和力气，屁股上真能一清二白的也不多。尤其是许文革这个行当，水太深也太浑了，做大之前得跟人斗狠、斗心眼儿，否则随便哪个村支书和流氓团伙都能砸了他的摊子；做大之后又免不了和各式各样的头头脑脑'勾兑'，铺路全得用钱……就拿跟六机厂合作来说吧，短短几个月就把方方面面上上下下都搞定了，你以为那些大红章是白盖的？谁的眼睛也不瞎，都能猜出是怎么回事儿。"

杜湘东的口气便兴奋了起来："经济犯罪也是犯罪。你们打算什么时候开始取证？"

刑警支队长却叹了一声，腔调衰颓了下去："杜湘东，你也是一把岁数的人了，怎么头脑还是这么简单。且不说许文革都在幕后主使，真查出什么端倪也未见得会落到他头上，就算坐实了他那个公司行贿、漏税、搞权钱交易，涉及的也不仅仅是经济犯罪的问题了。跟他接触的还有领导呢，跟领导接触的还有更大的领导呢，那些当官儿的我们'办'得了吗？况且盘活老旧企业，减轻财政负担，这是现如今的国家政策，许文革是顺势而为，我们要动他就是跟政策对着干，你以为上面会答应？既然说到这儿了，我也不怕你不高兴，再从旁观者的角度议论两句吧……你觉得警察是干吗的？有恶必惩那是理想状态，用这个标准要求谁，谁都没法儿活。许文革再怎么让人看不惯，毕竟还没伤天害理吧？说到底也是环境使然，如果只揪着他一个人不放，那不公平。"

杜湘东的声音低了下去："你真这么想？"

"想不通也只能这么想。"刑警支队长凝视他半晌，又道，"大伙儿帮你帮到这个份儿上，算是仁至义尽了。你不是说自己憋得慌吗？现在知道了吧，许文革也憋得慌。假如你觉得法律对他的惩罚还不够，那他病成这样，你也该解气了吧？"

杜湘东不语。同学突然揽住他的肩膀，和他脑门儿顶着脑门儿，用力晃了一晃。警察的性格都硬，刑警更硬，能有这么个举动，就说明真把杜湘东当成了兄弟。再想想以前和同学的较劲，想想经由同学介绍才认识的老徐，杜湘东也动了感情。然而即使鼻子已经酸了，喉头一哽一哽，他却还是想对同学说：兄弟，对不住，我辜负你了。

开弓没有回头箭，盯梢是从许文革出狱的当天开始的。

监狱也在南郊，但比看守所更靠近城里。那天上午，当铁门打开，杜湘东就站在马路对面的一棵树后。绕过树干，他目睹许文革蹒跚着缓缓移动，脖子像沉到水底的鹅一样尽力伸长，又被胸腔的剧烈起伏扯得一晃三颤。才坐了一年牢，许文革的腰背更加佝偻了，连那张棱角分明的脸都干瘪了下去，还氤氲着一团黑气，远看好像一根被晒蔫儿了的茄子。可见监狱的确是个折磨人的地方。奔驰车就停在街边，迎出来的还是一瘸一拐的刘秋谷，律师却不见了。两人略说几句，许文革从怀里掏出一只药瓶，往嗓子里喷了喷，上车。

杜湘东也动身。他的交通工具是一台带铁篷的三蹦子，篷上贴满了"开锁换锁"和"包小姐"之类的字样。这玩意儿是他托人买的城管罚没品，冒黑烟，颠屁股，随时还有再次遭到罚没的危险，不过已经比自行车能跑多了。又幸亏北京正在翻来覆去地"摊大饼"，原先的乡下地方也开始堵车，甚至比城里更加交

183

通不畅，所以奔驰车一路且行且停，竟然没把他甩掉。在跟踪期间，杜湘东需要留心的主要有两件事：一是不要离目标太近，以免被发现；二是别在溜边插缝的时候碰了人或者剐了车——他赔不起。

如此亦步亦趋，并不很久，便到达了目的地。那是一幢四层小楼，外立面贴满了瓷砖，如果不是围着院子，远看倒像个巨大的厕所。这种建筑在郊区随处可见，多半属于乡镇企业或农民个人，常年都在招租，但却常年空着，因此只能顶着个"写字楼"的招牌静候拆迁。奔驰车开进院门，还没停稳，楼里的人已经拥出来了，高高矮矮七八个，都是身穿灰褐色工装制服的精壮小伙子。院儿外是条市场街，像所有城乡接合部一样嘈杂、污浊，杜湘东就把车停在几个摊位之间，灭了火，聆听那些手下对许文革进行汇报。他们不叫许文革"老板"，而是和刘秋谷一样称他为"许哥"：许哥，一楼的房间给您收拾好了；许哥，设备正在路上，明后天就到；许哥，金融公司的人又来了，说等着和您当面谈。许文革却未作答复，或者他说话了，但却说得虚弱乏力，因此一墙之隔的杜湘东无法听到。又过了片刻，院儿门口响起一阵鞭炮声，大概是兄弟们要给许哥"冲冲喜"，但许文革反而被硝烟味儿呛得一边大喘，一边铿锵地咳嗽起来。听那歇斯底里的架势，恨不得肝儿都快从嘴里吐出来了。于是刘秋谷就骂人，接着铁门一关，院儿里诡异地安静下来。

其实从同学那里得知，刘秋谷还在城区东三环租下了一套正经八百的商用房，专供公司的财务部门以及一个高薪聘请的"职业经理人团队"使用，但杜湘东预感，许文革出狱以后不会去那里。现在看来，他的直觉无比准确。而之所以选择这样一个偏僻、简陋的地方落脚，原因恐怕只有一个：第六机械厂就在附近。顺着柏油马路面朝东，透过新世纪以来越发浓郁的雾霾，隐约就能望到厂区破败的主楼了。苏联式样的尖顶如同鬼船的桅杆，无根无据地悬浮在半空之中。杜湘东还记得，曾经有女工在那栋楼里合唱《山楂树》：

> 我却没法分辨，我终日不安，
> 他俩勇敢和可爱呀，全都一个样……

现在俩人一个死了，一个回来了。

从这天起，杜湘东的生活只剩下一项内容，就是窥探许文革。每天天不亮，他便会驾驶着突突乱响的三蹦子长途跋涉，来到那栋小楼的院儿外。国营工厂早已一蹶不振，它的周边地带却呈现出了野蛮生长的繁荣。搞货运的，批发钢材电线的，出租工程车辆的，由此又带动了饭馆、旅社和百十块钱就能"爽一把"的小发廊。这种环境很利于隐蔽，当他把车往路边一靠，看起来完全就是一个"摩的"司机。出于谨慎，他又买了一顶能遮住下巴、只露双眼的毛线帽，干脆连面目也藏了起来。但这种形象又带来了一些小麻烦，常有人过来问他"走不走"，甚至连问都不问，径直往铁篷里一钻就不下去了。杜湘东本想拒绝，又一转念，开了这么一辆车却不载客，成天往院儿门口一杵，瞎子不都能知道自己正在干吗吗？于是只好就范。好在路程都不远，不是去车站就是去镇上，顶多半个小时就能打个来回。回来以后，他继续发痴似的盯着那栋小楼。

如此持续了半年，但却成效甚微。这期间的几乎每一天，杜湘东都会把许文革的动态记录下来，写在一个空白本子上。那些内容是如此单调、简略而重复，诸如：

> 许文革没出门。刘秋谷买菜做饭。
>
> 许文革没出门。医生上门为他治疗哮喘。
>
> 许文革乘车，没上高速，前往当地派出所备案。
>
> 许文革乘车，上高速往北，应为探望崔丽珍。
>
> 许文革没出门。有访客两名，大概是商业伙伴。
>
> ……

假如一定要就此做出分析，那么结论是：除去履行法律规定的手续以及去养老院看望姚斌彬他妈，许文革保持着深居简出，连生意都完全在那栋小楼里进行遥控。相应于杜湘东变成了一个不像警察的警察，许文革也变成了一个不像生意人的生意人。

这份记录还有第二个人看过，是刑警支队长。那年春节，同学又来找过他一趟，名为拜年，实则是放心不下。两人坐在车里，自然说起了"调查"的进展。杜湘东知道瞒不过去，便把本子掏出来，递了过去。刚开始，同学还一篇一篇地翻着看，到后来就唰唰一扫而过。他评价了一句"精神可嘉"，然后直言相告，就算许文革果真隐藏了什么犯罪行为，凭杜湘东也休想发现，更别提把他再次投进监狱了。原因很简单：杜湘东的调查手段太低级、太小儿科了。靠人力去盯梢，蹲点儿，这都是上个时代的套路，而现在甭管是侦查技术还是反侦查技术，都日新月异到什么地步了？就拿这满满一大本记录来说，还不如随便哪个电线杆子上的监控摄像头提供的信息更多。

"我也没觉得自己能逮着他。"杜湘东回答。

同学就问:"那你图什么呀?"

杜湘东反问:"许文革这种人,难道不应该有人看着他吗?"

同学沉默半晌,说:"我看你是魔怔了。"

杜湘东表示赞同:"我还真是魔怔了。"

而在监视以外,也有意外收获。每次坐车的人给了钱,他都看也不看,顺手往随身带的挎包里一塞。等过完年,就觉得那包鼓鼓囊囊的挺碍事儿,打开一看,乱七八糟撑满了零钱。于是他拎过刘芬芳摆摊儿收钱用的纸箱子,打开挎包,让那些散票儿纷纷落落地倾泻出来,把他的收成和她的收成混在一处。他们这对穷人夫妻居然也拥有满满的一箱子钱了。

这么做,当然是为了安抚刘芬芳。自从杜湘东早出晚归,她对他的声讨也到达了一个新的高潮——有本事的人才不着家呢,你也配?什么活儿都丢给老婆,成天出去躲清闲,这还叫男人吗?不会挣钱,花钱倒挺在行,自行车换成了三蹦子,这样就能到更远的地方"浪"去了吧?而见到杜湘东的举动,刘芬芳便一愣,进而露出了恍然大悟的神色。

她问:"谁给你出的主意?"

杜湘东说:"什么主意?"

刘芬芳踹了一脚纸箱子,惊得两张毛票儿翻腾而起:"拉活儿呀。"

杜湘东搪塞:"也没谁。好多人不都这么干嘛。"

刘芬芳说:"可你是警察呀。"

杜湘东笑了:"我都快忘了,你倒想起我是警察了。"

刘芬芳突然眼圈儿一红。她这人就是这样,平时老觉得自己被亏欠，但只要想起杜湘东也在承受委屈，哪怕他的委屈其实和她无关，她也会立刻翻转过来，觉得自己才是亏欠了杜湘东。这是刘芬芳性格上的软肋，使得她既后悔不迭又心甘情愿地跟他过了这许多年。想到这里，杜湘东便叹了口气，伸手摸了摸刘芬芳的脸——那张脸的正面已经和红苹果毫无相像之处，侧面也看不出半点儿吉永小百合的影子了。这个举动很突兀，所以刘芬芳下意识地一躲，但她随即又把脸凑了上来。老夫老妻含羞一笑，决定晚上再炖一锅猪下水。

16

　　后来在杜湘东的印象里，几乎是刚吃完猪下水，刘芬芳就病倒了。其实也没那么快，而是又过了几个月，对许文革的监视超过一年以后。觉得快，只是因为生活太过重复，仿佛许多天都合并成了一天。那是个暮春的晚上，杜湘东骑着三蹦子回来，看见冷饮摊空着，电喇叭还在播放《从头再来》。他以为刘芬芳是回去取什么东西了，便跨下车，慢慢往家走去。开门拉灯绳，赫然就见床上横着一具躯体，身下满满的血，把褥子都洇了一大片，整个儿人好像躺在了一朵艳丽的红花上。这时刘芬芳还有意识，她满脸煞白，眼睛瞪得撑大了一倍，颤声说："我这是怎么了？本来就想躺会儿，一躺就起不来了。"

　　杜湘东把她横抱起来，冲到屋外去喊人。七手八脚送到医院，刘芬芳已经昏迷不醒。折腾到后半夜，医生才从急救室出来，说是子宫肌瘤长得不是地方，引发了大出血。又劈头盖脸责备杜湘东："一个常见病，怎么拖到现在才来？她糊涂还是你糊涂？"这时杜湘东才想起来，以前刘芬芳曾经说过小肚子疼，但因为图便宜，去了一家"免费门诊"的妇科医院，结果真正的毛病没查出来，反倒向她兜售五花八门的补药，还号召她做个吸脂隆胸。刘芬芳被那些价目表吓着了，此后疼也忍着，再不敢看病，就生生拖成了今天这样。

现在后悔也没用，人家说怎么办就得怎么办。医生建议切除子宫："你们这个岁数也用不上了，对吧？"杜湘东满头大汗地签了字。没想到刚做完手术，刘芬芳又开始了更加汹涌的出血，直接被转进了ICU。昏迷，抢救，再昏迷，再抢救，半个月之内下了两次病危通知，最后总算捡回一条命来。陪床期间，杜湘东的脑子都是空的，但只要一闭眼，仿佛就看见刘芬芳已经死了，她的灵魂正坐在一朵巨大而鲜艳的红花上跟他告别。直到接到通知可以办理出院，他才意识到了一个比大出血更加迫切的问题：下岗职工刘芬芳是享受不到报销政策的，而重症监护室每天的花费就得上万，还有手术、护理、进口药……再掏出存折一看，俩人的积蓄也许还不够这趟住院的零头。

身为一名穷人，杜湘东不免犯起了所有穷人都会犯的嘀咕。医院为什么没跟他商量过费用问题，难不成是专等着一并算总账？这两年有很多类似的新闻，最夸张的一起是病人醒来一看账单，直接就从楼上蹦下去了。但不管怎么嘀咕，他这辈子也没欠过谁的，更何况人家毕竟救了老婆的一条命。杜湘东咬咬牙，满脸悲壮地走向结账窗口。那一刻，他几乎做好了跪地哀求的准备，求人家宽限他一些日子，让他回家去凑、去借。他还后悔今天没穿警服，假如穿了，人家或许不会怀疑他存心赖账——那身"皮"也就这点儿说服力了。

但和他的表情相反，收费的小姑娘一脸轻松："该出院您就出呗。"

"不是还得结账吗？"

"不是早就结了吗？"

杜湘东几乎怀疑自己幻听了。小姑娘怕他不相信似的，又找出一沓机打单据，从窗口递出来。林林总总上百项开销，总额比他估算的更多，已经超过了二十万。每张单据都盖着个"结清"的大红章。那么是谁交的钱？刘芬芳他二姐？可他还没来得及把刘芬芳生病的事儿告诉她家里人。自己那个单位？可别提警察家属了，就连警察的医疗福利都少得可怜。要不就是同学、同事、老所长和老吴？那更不可能。人家就算愿意帮他，也没必要连个招呼都不打。杜湘东做着假设，随即否定了那些假设，窗口里的小姑娘却又补充说，在刘芬芳住院的第二天，他预交的那点儿押金就用完了，医院本想催促续费，替他交钱的人恰好来了。人家还留下话，费用不必担心，更不必为钱的事儿打搅病人家属。

最后总结："您交了个好朋友，要不就是有个阔亲戚。"

这时杜湘东才想起一个常识。他再次翻开那沓单据，从里面抖落出一张银行刷卡凭条。签名栏上的字迹歪歪扭扭，稚嫩得像个小学生，赫然写着"刘秋谷"。

刘秋谷背后，当然是许文革。原来是许文革。居然是许文革！

但最让杜湘东惊愕的还不是许文革替他结账这一事实，而是：许文革又是怎么知道刘芬芳生病，怎么知道他们看不起病的？难道在很早以前，甚至早到了许文革出狱的那一天，他的行踪就已经暴露在了对方眼里？难道这一年来，当他监视许文革的同时，许文革也在监视着他？杜湘东的大脑艰难地转动起来，思考着上述推测的可能性——答案是肯定的。他不是一块当刑警的料，面对的却是一个杰出无比的逃犯。

但许文革不仅没有戳穿他，反而允许他作为影子缠绕在自己身边。杜湘东的状态的确就像许文革的影子——自以为躲过了光照，其实早被一览无余。在俯瞰他、揣摩他、戏耍他的过程中，许文革一定享受到了巨大的快乐。而和杜湘东那拙劣的监视相比，许文革的反向监视无疑要来得更加隐蔽，更加高效，也更加全天候。当杜湘东溜着墙根往小院儿里探头探脑时，他那副可笑的模样也许正被许文革用望远镜和摄像头窥视着；当杜湘东疲惫不堪地行驶在回家的路上，许文革的手下也许正在开车跟踪着他那辆同样疲惫不堪的带篷三蹦子。于是杜湘东那窘困的日常生活无处可藏，又被在第一时间汇报给了许文革。而刘芬芳这一病，就把许文革对他的俯瞰、揣摩和戏耍推向了高潮。在胜负已定的局面下，还有什么比施舍仇人更让人满足的报复方式呢？杜湘东甚至相信，当许文革授意刘秋谷去结账时，他会真诚地认为自己是高尚的。他们那个阶级的人就是这样，一旦拥有了钱能买到的所有东西，接着想要购买的就是那些没有明码标价的东西了——比如"高尚"。

不能让他——以及他们丫的得逞，杜湘东想。他虽然接受了自己的卑贱，却不承认许文革有资格高尚。他不需要墓志铭，也拒绝给对手颁发通行证。

几天之后，杜湘东再次出现在了那座小楼院外。此刻他已经没必要进行多此一举的伪装，就那么敞露着头脸、大大咧咧地跨坐在三蹦子上。星期天上午是许文革难得出门的时刻，这个规律在为期一年的蹲守中从未失效，今天也不例外——当斜对面的那家小发廊拉开窗帘，更远处的几家饭馆乐声大作，眼前的铁门豁然而开。奔驰车缓缓驶出，在《两只蝴蝶》和《老鼠爱大米》的伴奏下开上了这片城乡接合部里唯一宽敞点儿的水泥路。根据以往的经验，如果它沿着水泥路拐上国道，那就别想追上了，所以杜湘东刚看到自己的投影在锃亮的车身侧面一晃而过，立刻也把油门拧到了底。但他却不是从后方跟踪，而是划了个弧线，往车头的方向包抄了过去。几秒钟后，市场街上的人们都看见了有惊无险的一幕：奔驰车正在提速，突然从斜刺里钻出一辆破烂无比的带篷三蹦子，它嘶吼着颠簸着，前座上的骑手还耸起肩膀，做出了冲刺的姿态，几乎要一头扎到汽车轮子底下去。紧接着是一声尖利的急刹车，硕大无朋的奔驰车总算停住，车头距离三蹦子才不到半米的距离。奔驰车的司机开门跳下来，脸吓得煞白，火气倒挺大，他上前推了杜湘东一把："作死呢你？"

杜湘东一躲，顺势抓住对方的胳膊一扭，便让那个二十多岁的壮小伙子低头弯腰动弹不得。人是老了，总算功夫还在，所以这次亮相还称得上威风。他压着胸口的喘，尽量利索地从三蹦子前座上跳下来，这才推开司机："没你事儿，我找许文革说话。"

这么说时，他已经看见了从奔驰车后排座钻出来的许文革，还看见了从小院儿里飞奔而出的刘秋谷和一群小伙子——那些人手里都有家伙，有的拎着扳手，有的攥着改锥，有个快两米高的胖子居然扛着一副千斤顶。天知道这些家伙是正在修理机器还是准备修理人，但毫无疑问，如果再动手，饶是当年的杜湘东，不出半分钟也得趴下。一力降十会，板儿砖破武术，越是练过的人越懂得这些道理。

然后，他听见许文革叫了一声："杜管教。"

杜湘东突然意识到，自从许文革 1989 年越狱，这还是他们第一次如此清晰地面对面相见。此前无论是在矿井还是在看守所，许文革对他而言都只是一个难以捉摸的背影。为了让那背影还原成人像，最好的一段年岁已经被耗费了。他便缓缓走了过去，经过那辆奔驰车，经过虽然被许文革喝止但仍对他怒目相向的刘秋谷那一群人。他直盯着许文革，许文革也直盯着他，当两人只有一步之遥时，杜湘东抬起手来，插进兜里。这个举动让刘秋谷紧张起来，那眼神，就好像他将要掏出一把枪。于是杜湘东笑笑，与此同时，他也看见许文革对刘秋谷摆了摆手。在严阵以待众目睽睽之下，他把一张银行卡塞进许文革的上衣口袋："密码是姚斌彬生日。"

"您何必呢？"

"甭废话。"卡里有二十多万，和医院账单上的数目分毫不差。钱是向刘芬芳她二姐借的，一家人明算账，作为抵押，他们白纸黑字地承诺，如果还不上，就把看守所宿舍那套筒子楼过到人家名下。刘芬芳她二姐不差钱也不差房子，但杜湘东的表态和他此时告诉许文革的一样："该怎么着就怎么着，谁的便宜我也不想占。"

听到姚斌彬的名字，许文革脸色不变，眼底却有一丝微光闪动。这也在杜湘东的意料之中。假如早就变成了一个没心没肺没过往的人，许文革又何必回到六机厂，何必接走姚斌彬他妈呢？因此在继续直视许文革时，杜湘东的目光就具有了揭露性。他甚至感到自己扳回了一城。但许文革随后的表现却让他始料未及。那人突然咧嘴笑了，笑得亲热而诚恳，就好像杜湘东从未看管过他、追捕过他、监视过他，就好像杜湘东不是"杜管教"，而是一位久别重逢的老朋友。他根本没再顾及兜里的银行卡，那意思很清楚——无论是二十多万还是与杜湘东互相监视这一事实，都不在他的考虑范围之内了。许文革现在仿佛只对杜湘东这个人感兴趣，他仿佛早就期待着与杜湘东重逢。

"赶得早不如赶得巧，"杜湘东的胳膊也被许文革揽住了，"带您去个地方。"

几乎是懵懂着，杜湘东坐在了奔驰车的后排。笑容绽放的许文革宽厚而温和，但却蕴含着某种令人无法拒绝的力量。或许这正是他这种人在中年时应该具有的姿态：越是底气十足，就越证明了此前的那些苦没有白受。想到这些，杜湘东立刻后悔了，但车已经像艘大船似的稳稳开动了起来。司机回过头来，已经换上了一副恭顺的脸色："许哥，路线不变？"

许文革点头，又摇下窗户对刘秋谷等人挥手，让他们回去。此后，他就陷入了浩大的咳嗽，每一声似乎都伴随着肺泡爆裂。幸亏他的身上和车上到处都藏着进口药，随手掏出一瓶往嗓子眼儿里狂喷，总算渐渐平复了下去。但他的胸膛仍在剧烈起伏，一张脸憋得通红。看着许文革痛苦不堪地忙活，杜湘东却感到尴尬。他不知道是该象征性地帮他一把，还是该更加象征性地询问一下病情。最后，他只能选择安静地坐在许文革身边，连这趟被迫同行的目的地都没打听一句。他猜测，许文革大概会带他去疗养院，展示一番姚斌彬他妈享受的优厚待遇，由此证明他这个曾经的逃犯如今的资本家是不忘本的、有良心的。

但他又想错了。奔驰车没有开向通往城北的高速入口，而是拐上国道又往东行驶了几公里。沉沉雾霭之中，第六机械厂大门出现在了前方。四下空无一人，铁门紧闭，但司机按了两下喇叭，立刻有个保安从传达室出来，为他们放行。车子在空旷的厂区里穿行，不急不缓，但却熟门熟路。不久来到主楼前方，司机刹住车，回身又问："您进去吗？"

"直接去车间。"许文革说。

车子便又动了起来，绕过主楼，穿过一道铁门，停在一片厂房附近。都是几十年前的建筑，灰砖砌成，四四方方的像若干密不透风的盒子，外墙上刷的标语也不是时下流行的"向时间要效益"，而是当年的"团结起来，振兴中华"。杜湘东想到，他来过六机厂无数次，但唯独没走进过这片厂区的核心地带。身为警察，他并不需要了解工厂是如何运作的。而这时，许文革已经跳下车来，开始带领杜湘东在那些灰盒子之间穿行。经过一个地方他说："这是热加工区。"经过一个地方他又说："这是动力区。"此外还有仓库、装配车间、质检车间……总而言之，第六机械厂是个用机器制造机器的地方，它曾经能生产若干型号的车床、铣床，还能为一些更大型、更精密的设备提供零配件。

进行这些介绍时，许文革旁若无人地走在杜湘东身前。他挥舞着手臂，步伐变得轻快，连佝偻的身板都挺直了起来。从这人身上，杜湘东突然感到了一派天真，那感觉就像一个孩子正在向他炫耀什么复杂的玩具。这是一个他从未见过的许文革，和那个强悍的、决然的、满身戾气的、处心积虑的许文革判若两人。就这样，他们穿越了大半个厂区，来到一个和其他建筑并无二致的灰盒子门前。许文革又说了句"这儿以前是铸件车间"，脚步终于慢了下来。杜湘东随即反应过来，姚斌彬生前就在铸件车间工作，而许文革是维修班的。他跟在许文革身后，走到车间门口，看着许文革掏出钥匙打开铁门又拉下了电闸。咔然一响，呈现的是一幅亮眼的景象：车间内部已经被粉刷干净，连头顶上都换成了这两年才普及的高压氙气灯；地面上铺展着一条杜湘东看也看不明白的机械生产线，在灯下静默地反着光。

接着，许文革开始了更加滔滔不绝的介绍。他告诉杜湘东，铸件车间马上就不是铸件车间了，和厂方签署合资协议后，他立刻着手对这里进行了改造，准备用以制造专供重型卡车使用的耐高温刹车片。不仅是铸件车间，这片厂区里的大部分车间都将重新装修、更换设备，生产的将是和汽车相关的各种配件。他又告诉杜湘东，投资一个规模如此之大的工厂，对于他这家公司来说当然是一场豪赌，不过好在股东们都信任他，又拉到了一笔风险投资，所以钱是不用发愁的。他还告诉杜湘东，买卖人通常认为老旧的国营工厂是个大泥潭，政策紧，插手的头头脑脑太多，还得养活一群吃闲饭的，但他是从厂子里出来的，他知道那些按照军工标准培训出来的工人才是最宝贵的资源。钱、设备、销路这些都是小事儿，只要以前的工人还在，他就坚信自己能让这家工厂起死回生……

那些话杜湘东听懂了一些，但还有许多经济的、工业的专门词汇就像在听外语了。这时在他眼中，许文革的神色除了天真，又多了亢奋与激越，甚至有了纵横捭阖挥斥方遒的气象。许文革仿佛不是在对杜湘东说话，而是在对他的股东进行论证，在对那些政府领导和产业工人发表演说。难道许文革没意识到站在自己面前的是个警察吗？杜湘东惶惑起来，再看许文革时，就觉得这人近乎癫狂了。而他把自己带来到底是要干吗？

"你说完没有？"插了个空，杜湘东接了一句。

许文革这才如梦初醒，讪讪地笑了。

"我对你怎么挣钱不感兴趣。"杜湘东又补充道。

许文革舔了舔嘴唇，似乎又要开口，但却再次喘息起来。经历了刚才那一番过于忘我的表演，哮喘也发作到了一个前所未有的强烈程度，他哆嗦着蹲了下去，像动物一样两手扒地，脖子上暴起的青筋都快绷断了。崭新的厂房里回荡着惨烈的声响，有那么一个瞬间，杜湘东觉得许文革马上就要死在他面前了。他束手无策了好一会儿，这才想起对方身上是有药的，于是弯下腰去，从许文革怀里摸出瓶装喷剂，递了过去。

又喷，接着咳，接着喘。大半天的工夫，许文革才能勉强像一个正常人那样呼吸。杜湘东有些莫名的感怀，叹了口气道："我得走了。"

许文革却抓住了他的裤脚："我再给您看样东西。"

"我说过，我没兴趣。"

"那是赃物。"

趁杜湘东怔了一怔，许文革抬头，递上来一只手。杜湘东条件反射地递回给他一只手，许文革便攀扶着杜湘东站了起来，伸手指向车间门外。远处有一排矮旧的小平房，立在一片荒草丛生的空地边缘。在杜湘东的记忆里，以前厂区和平房之间曾经隔着堵墙，而现在墙已经被拆了。他想起了那是什么地方，也想起了当年自己曾经"搜查"过那里。时至今日，他仍能清楚地记得其中一间平房，也就是许文革和姚斌彬的秘密车间里，摆放过哪些五花八门的物件：挂钟、水泵、收音机……两个年轻工人将它们一一修复如初。

许文革的手执拗地往门外指着，脚却不动。他连走路的力气都没有了。杜湘东只好侧肩，扛起他的一条胳膊，架着他往空地对面挪动过去。他们来到苔藓斑斑但却依然稳固的平房门前，无须费力辨别就找到了许文革他爸他妈生前住过的那一间。锁早换了，连门洞都拓宽了，还装了朝上的卷闸门。看到许文革在身上摸索着掏钥匙，杜湘东不得不让他暂时靠墙，自己接过钥匙开了锁，把门哗然一响抬了上去。

和方才的车间一样，平房里也涌出一股刚刷完漆的味道。许文革又被呛得咳嗽了几声，但总算稳住了呼吸。他对杜湘东说："就是这个。"

杜湘东已经看见了。如今屋里只有一样东西，却把空间塞得满满的。是辆汽车，老款进口皇冠。1989年，姚斌彬和许文革因盗窃这辆汽车的发动机被捕。几年后，杜湘东还在姚斌彬家的楼下见过这辆汽车，当时它仍在充当工厂领导的专车。而现在，这辆皇冠车如果停在北京街头，无疑会显得突兀而过时，但它却又保持着某种老派的庄重，周身上下一尘不染。给人的感觉，好像它自从出厂就没上过路，十几年来一直静静地停在这里。

许文革单手扶墙，慢慢挪到皇冠车的驾驶舱一侧，开门坐了进去。他又扯着脖子喘了几声，隔着前挡风玻璃对杜湘东招手。杜湘东迟疑片刻，也拉开门，钻上了副驾驶座。俩人并排而坐，肩颈僵硬，神情木然，从平房外面望过去，大概很像正准备上路出远门。车钥匙就插在仪表盘上，许文革颤颤巍巍地伸手一拧，皇冠车一颤，居然平稳地运转了起来。逼仄的房间弥漫起了汽车尾气的味道。

在嗡鸣的车声中，许文革首先予以说明的是一系列机械参数："1985年出厂，六缸发动机，二点八排量，四挡自动变速箱，四轮独立悬挂，电动车窗，前后立体声喇叭……"

杜湘东没搭茬儿。

许文革继续说道："当年能坐上这种车的，最起码也是个司局级干部，没想到我们那个厂也能捞上一辆。跟厂里谈判的时候，我问这车还在不在，他们说还在，不过早就没人用了。我就从他们那儿买过来，自己带人从里到外收拾了一遍。那年头小日本的机器特别皮实，只要更换易损件，开起来跟新的一样。"

杜湘东仍未说话。他扭头看了许文革一眼，只觉得这人目光悠远。许文革却停止了说话，低头仔细打量起这辆车来。他的手还在方向盘和仪表上摩挲着，不知是在赞叹八十年代豪华车的工艺，还是在欣赏自己的修车手艺。房间里尾气的味道越发浓郁，已经很不适于哮喘病人长待了，就连杜湘东都意识到了这一点，而许文革却直到再次陷入了撕心裂肺的咳嗽，这才想到应该将车熄火。然后找药，再喷再咳再喘，平复下去却比刚才耗费了更长时间。如果许文革也是一辆车的话，那么他的内部零件还不如这辆险些报废的老皇冠运转顺畅。

车里再次安静下来，许文革才又开口："您也知道，我和姚斌彬当年就是因为这辆车'进去'的。他们说我们盗窃，这当然也没错儿，所以我们从没喊过冤。但别人不知道，就连您也不知道——我们盗窃又是为了什么？如果光图钱，何必费那么大劲拆发动机呢？拆大灯、拆音响不是更快吗？那样我们也许就不会被抓个人赃俱获了，姚斌彬的手也不会被砸成残废……我们拆这机器，其实不是为了卖，而是为了研究它。等把发动机里面的构造搞明白了，我们还会把它原封不动地装回去……"

说这些话时，许文革的声音仍是虚弱的，杜湘东却听到了自己胸膛深处的怦怦心跳。他意识到，假如他们是用二十年来打一副牌，那么时至今日，许文革终于要揭底了。杜湘东也想起了扣在自己心里的那副底牌。谁的底牌更震撼，更有杀伤力？大概只有亮出来才见分晓。而两副底牌其实都握在姚斌彬手里，姚斌彬却死了。

杜湘东呼吸了一口仍然浓郁的汽油味儿，想要接话："难道你们不是为了给……"

"给崔阿姨看病？"许文革截断他，同时抬起一只手挥了挥，像在请求他保持专注，不要漏掉自己的每一句话，"别说姚斌彬了，就连我也是崔阿姨养大的，她的身体是为了我们累垮的，我们当然得报答她。所以我们后来才会从看守所逃跑，哪怕出去就成了逃犯，但也有机会给她寄钱，总比在牢里听到她的死讯要强。说到底，那时候还是年轻，胆儿大得连自己都预料不到。我们居然没想过，如果没跑了或者跑了又被抓回来会怎么样……不过这又是后话了。再说回当初，我们拆这台皇冠车的发动机，其实是姚斌彬的主意。过去要是把这条儿说出去，他会被定成主犯，不过现在无所谓了。您应该也了解过，我和姚斌彬从刚进厂子当工人起，就开始偷偷给外面搞维修。上面说我们干私活儿，隔三岔五地敲打我们，就连我都打算收手了，可姚斌彬才不管那一套。他这人看起来性子软，但骨子里比我可'轴'多了，外人都以为我一直护着他，其实大事儿我都听他的。姚斌彬告诉我世道变了，在新的世道里，人应该有种新的活法，活得和以前不一样，活得和我们的爹妈不一样。他还说我们得先做好准备，变成有本事的人。那年头安徽不是有个'傻子瓜子'吗？傻子卖个瓜子都能变成人上人，何况我们两个懂机器的工人？所以我们就从车床铣床上手，没过两年又开始琢磨汽车，不懂就找外面的老师傅问，问完了还得没日没夜地下功夫。厂里汽车班的那几辆大解放早被我们偷偷拆了个遍，而这种事情是有瘾的，简单的弄明白了，自然就想尝试复杂的、新式的……正好厂里来了辆皇冠。姚斌彬对我说，以后要想凭这门手艺出人头地，会修皇冠都是起码的。也是脑子一热，我们当天晚上就钻进了车库。"

说到这儿，许文革咯咯笑了两声，面部肌肉神经质地抽搐起来。像是为了防备再喘，他又未雨绸缪地往嗓子眼儿里喷了喷药，这才继续往下说："后来的事儿您也知道了，我们被抓进去，逃跑，我活下来，姚斌彬却死了。你们都觉得我运气好吧？没错，我承认自己运气好，但这运气说来还是您给我的。当年我们往两个方向跑，如果您追的不是姚斌彬而是我，那么后来挨枪子儿的那个人就应该是我。刚开始不懂伪造证件更不敢坐火车，我还没跑出河北省就听说姚斌彬被处决了。如果说我在逃亡期间精神崩溃过，就是在那个时候。我觉得老天收错人了。我没姚斌彬聪明也没姚斌彬有志气，我就是个野孩子，十岁不到就没了爹妈，如果不是姚斌彬他们一家我早该进监狱了……一句话，死的应该是我，凭什么是姚斌彬？但也恰恰是因为姚斌彬，我才撑了下来。每当我想去自首或者随便找个地儿把自己弄死算了，我就会想起姚斌彬，想起他跟我说过的那些话。后来我冒着被人抓住的风险也要做生意，把身家性命都投进去也要开这个厂子，也是因为姚斌彬。我一个人背着俩人的命，得替他活成他想要的那副模样。要是就这么窝窝囊囊地算了，那我就算白活了，姚斌彬也算白死了，我们这两条命都没必要在这世上走一遭。"

许文革的神色又变了，仿佛陷入了痴迷，同时夹杂着一丝柔情。他把头靠向椅背，脸上笼罩着一团若隐若现的光晕。不仅如此，这人眼里也是有光的，虽然微弱，但却一线长明，终于化作两滴眼泪，顺着脸颊流淌下来。许文革哭了，许文革也会哭。这就是许文革的全部自述了吧。当眼泪消失在他脸上的皱褶里时，杜湘东也终于有了开口的机会："可因为你，我够窝囊的，我他妈才是白活了。"

"杜管教，我对不起您，您是个好人。"

"骂我是吧？好人在你眼里可不值钱。"

"如果您觉得我应该怎么补偿您……"

"甭来这套。我是警察，说话以前注意咱俩的身份。"这么说着，杜湘东拉开侧门钻出车舱，想走但又站住，回头道，"许文革，你记着，咱们这茬儿人都不年轻了，往后的每一步都得走对了。我看着你呢。"

然后他抛下许文革和那辆皇冠车，朝厂区外走去。这就是他的答复吗？有点儿可笑，倒像个尽职尽责的老管教在勉励刑满释放人员。这辈子只干过一个行当，所以一张嘴就是这个套路。正如同许文革对于他的评价，多年前是一句"好人"，如今仍然只是一句"好人"，此外似乎再没什么可说。那么杜湘东的底牌呢？他和姚斌彬之间的那个秘密呢？继续压在心里吗？事实上，杜湘东已经决定缄口不言，但却并不感到遗憾。他突然发现，自己这些年来追捕许文革、监视许文革，其实怀着一种连他本人也没发现的目的。将逃犯绳之以法，这是冠冕堂皇的说辞，杜湘东真正想做的，是通过这俩犯人目睹一种"活法"。他依稀也想过那样去活，而许文革却替死去的姚斌彬活了出来。

17

从这天起，杜湘东结束了对许文革的监视。相应于法律上的结案，他在心里也替许文革结了案——但却无法一了百了。十几年的惯性还在，他仍会留意许文革的动向。而作为一名风头正劲的"商界新贵"，许文革就算想藏也藏不住：许文革的公司与第六机械厂正式合资挂牌；许文革的新工厂一经投产就打开了销路，并计划进一步扩大规模；我市正在摸索老旧企业改革新机制，以原第六机械厂为例，大批下岗工人经过培训再度返厂，共创人生的第二次辉煌；中国企业家涉足慈善，资助工厂困难职工子弟上大学……最令人意外的一条是从娱乐新闻里看到的，狗仔队拍到一个二线女演员在酒店"夜会富商"，很快又有网友"人肉"出了那个进房之前"先往嘴里喷了半瓶神油"的老男人正是许文革。

许文革也开始找乐子了，还是用他那种身份的人的典型方式找乐子。刚学会用单位淘汰下来的"586"电脑上网的杜湘东稍微有点儿不适应，随之而来的却是轻松与坦然：一头扎进凡俗热闹的生活，这说明那桩案件及其引发的后果已经在许文革心里杳然消散。引用一句过时的套话，许文革学会了"和往事干杯"。

这也是杜湘东致力达到的目标。他回到单位，继续上班，干的还是检查包裹的活儿。在有条不紊的重复劳动中，他实践了那些更加过时的套话，比如"螺丝钉精神"什么的，但却不是"放在哪里哪里亮"，而是只要焊上了就义无反顾地生锈。刘芬芳的冷饮摊却不开了。自从大出血过一次，她变得既怕冷又怕风，焐在暖气边儿上还得罩件大棉袄，更别提在屋外一坐一天了。好在对于下岗职工的政策又有变化，政府强制原食品公司的上级机关补交了社保，不光看病能报销，每月还给发放一些生活费。刘芬芳也闲不住，自学了打毛线，每天拢在被子里操持着两根棒针上下翻飞。这些年，人们对"牌子货"的成衣渐渐厌倦了，她的家庭手工业产品居然能卖个不错的价钱，又联系了一个开服装店的旧同事替她代销，也是一笔固定的进项。身为穷人，他们的日子倒也能过，甚而还有余力慢慢偿还外债。反正借的是亲戚的钱，有个态度就行。

还有一个不知能否算是"可喜"的变化，也和态度有关。或许因为气血虚弱，或许是被漫长的卧床磨软了性子，刘芬芳丧失了对杜湘东进行抱怨的热情和斗志，却找回了早就丢到爪哇国里去的多愁善感。她现在特别爱看日本和韩国电视剧，经常边看边哭，并且还会把那些悲戚的柔情推而广之，施加在杜湘东身上。有时候，当杜湘东下班回家先给刘芬芳冲一杯红糖水，或者周末搀着她出门去晒晒太阳时，她的眼泪就下来了。一边抹眼泪儿，她还会感激杜湘东的体贴，还会絮絮叨叨地为自己"亏欠了"他而致歉，进而还会在电视剧那莫名其妙的台词风格的催化下，说出像当年一样抽象的话来："有了今天，昨天和明天都是无所谓的。"

转变之大，几乎让杜湘东有点儿错乱。刚开始，他的回答是："你可别吓唬我。"

后来也顺着她说："每个昨天和明天都是今天。"

于是，无数个昨天和明天都被今天覆盖，一晃又是五年。对于杜湘东而言，这五年的时间感受和前一个、前两个五年又有不同。不能说它慢，也不能说它快；不能说它空，也不能说它满。总之，带着某种尘埃落定的踏实，世事就从眼前滑过去了。钱越来越不经花，上网也不用接电话线了，空气差得必须得在屋里摆个净化器，连猪肉和牛奶都有毒了，奥运场馆竣工在即专等着万国来贺……大多数事情好像既与他有关，又与他无关。有兴致，跟着人家高兴或者担忧一下；没兴致，那些高兴和担忧也就成了无的放矢。而说到对杜湘东的生活构成决定性影响的变化，似乎只有一个，就是看守所迎来了搬迁。

搬迁之前，消息已经传得满天飞。直到那年入冬，命令才正式下来：在离城区更远的山沟里，已经建起了一座现代化的新看守所，老所全体员工和在押人员限期完成转移。听说这个大手笔的举动，是为了给一个"经济开发区"的规划扫除障碍，也像所有有幸被"规划"的城市边缘地带一样，附近几个村子早就上演了无数场悲喜大戏，有人发横财，有人喝农药，最后连坟都被推了个干净。而看守所是公家单位，更是连讨价还价的资格都没有，不过也算沾到了山乡巨变的好处——分房的承诺终于兑现，新所配套了一栋塔楼宿舍，员工人人有份儿。杜湘东也分到了一套客厅朝北的小两居。

当全所上下都在兴致勃勃地搬家时，他和刘芬芳却拖延了下来。新所按部就班地投入使用，但老所这边还有一些未竟事务，比如一些设备正等着拆走，仓库里的陈旧器材还可以卖些钱，以及按照旧地址寄来的公函和信件仍需要查收。所里派了一个管后勤的副主任带领几名闲人留下来料理，其中就有杜湘东。而等这轮善后也结束了，领导又觉得既然拆迁队还没进驻，彻底甩手也不是个事儿，于是动员那几个还没搬家的职工，看谁愿意发扬风格，替所里把把门儿，站好最后一班岗。

　　杜湘东报了名："我留下得了。"

　　那位副主任有点儿不好意思："别、别，这摊事儿我负责，该我留下。"

　　杜湘东便解释："新楼味儿大，我老婆身体又不好，怕熏着她。"

　　这个理由也说得通。上面再一盘算，搬迁以后工作更忙，人手本就不足，留下的理应是个无关紧要的角色，那就非杜湘东莫属了。于是，他成了这座看守所里最后一位，也是唯一一位警察。他每天的任务就是沿着旧所围墙溜达一圈儿，再给新所打电话报个平安，如果犯懒，窝在家里不出来也没人管。到了晚上，家属院里四下漆黑，寂静得连猫狗都仿佛响应政策搬了家，只有他和刘芬芳的屋里一灯如豆，又像被墨水浸透的纸上破了个洞。在这种环境里，俩人便生出了与世隔绝的心态，不过倒也安然。

　　杜湘东觉得好笑：当年一门心思离开的是他，如今赖着不走的也是他。在这座行将废弃的看守所里，他究竟想要纪念什么、缅怀什么？而再过不长的一段时间，当那圈高耸的围墙在爆破声中轰然倒塌时，也就意味着一段旧的故事终于讲完了吧。这个故事他已经看到了尽头，就像电视剧的最后一集，虽然不能错过，但无论演员还是观众都早已陷入了疲沓。

然而杜湘东想错了。故事当然要讲完，却不是他默认的结局。

他也没想到，还会有人造访这座只剩了个空壳的看守所，并且都是冲他来的。

第一位访客是刘秋谷。那时冬天还没过去，杜湘东早上从家属院出来，刚绕过半圈围墙，便见看守所正门外停着一辆奔驰车。司机还是被他小小地教训过的那位，此刻正望着挡风玻璃外的空旷景色一脸茫然。杜湘东并未立刻过去，而是驻足远远观望了一会儿。就见车门打开，只下来了一个刘秋谷，一瘸一拐地向他走来。

几年过去，这小瘸子似乎终于长成了个大人，一脑袋黄毛变回了黑色，下巴上布满了胡茬。靠近杜湘东，他点了下头："许哥让我给您带个信儿。"

杜湘东看到刘秋谷的胳膊上戴着黑箍，心里明白了大半。

刘秋谷完成任务似的把话说完："崔阿姨去世了。二度中风，请了最好的专家做手术，还是没救回来。走时没受罪，昏迷了两天就没再醒。"然后他又说了姚斌彬他妈近年的状况。自从住进养老院，崔丽珍的老年痴呆越来越严重，很快就不认识人了。许文革去看她，她会笑眯眯地问："你是谁？"于是总得从头讲起。再到后来，就算磨破嘴皮子，崔丽珍也想不起许文革了。不仅如此，哪怕是许文革在医生的建议下故意提起姚斌彬，她也只是说："怎么听着那么耳熟呀？"这意味着她不再记得自

208

己有过一个儿子，因而也就忘却了丧子之痛。说到这里，刘秋谷转述了许文革的评价："许哥说，这也是件好事。"

杜湘东心里闷然一痛，回答说："知道了。"

刘秋谷又说："明天崔阿姨下葬，许哥问您去不去。"

杜湘东发了会儿愣，半晌才说："难得他有心，还是算了。"

刘秋谷便又点了下头，转头往奔驰车走去。高一脚低一脚地走了两步，他突然又转头说："北京水太深，买卖不好做，也许过段日子我们就要去外地了。"

对于刘秋谷透露的这个信息，杜湘东联想到的是"商人的本性"。厂子已经开了很久，钱想必也没少挣，没准儿许文革现在又嫌北京地租贵、管得严了。也或许他本人对六机厂仍有感情，但公司不是他一个人的，如果背后的那些股东强烈敦促他去再当一把拓荒牛，恐怕也没法拒绝。而既然姚斌彬他妈已经去世，北京这地方对许文革而言，也就再没念想了。这样想着，杜湘东便对刘秋谷说："告诉许文革，甭管到哪儿去，都别再犯法。"

刘秋谷把眼一横，似乎还想说些什么，但终于还是默默走了。等奔驰车开出视线，杜湘东便进了看守所。他到办公室找了一只搪瓷脸盆和一沓旧报纸，又折回到空荡荡的操场上，把报纸撕成纸钱的形状，放进脸盆里点燃。许文革想必会为姚斌彬他妈举行一场足够体面的葬礼，但对于逝者而言，也许倒是这种潦草的祭奠方式更衬她的心意。风从四面八方卷过来，吹得纸灰和火星遍地飞扬。杜湘东拍打着身上，仰头望望苍穹，叹了口气。

这事过去，转眼就过年了。杜湘东去和同事们开过联谊会，又用带篷三蹦子拉着刘芬芳进城串了两趟亲戚，仍回旧所待命。

刚开春，第二位访客就来了。

又是绕墙而走时遇上的，又是在铁门外停了一辆黝黑的奔驰车。杜湘东还以为刘秋谷又来了，再一打量，才发现这辆车比许文革的那辆更新，号牌也不一样。身为一个留守荒野的闲人，却总要接待光鲜堂皇的来客，他不禁有点儿错乱。而车门打开，下来的人他也见过，是当初替许文革辩护的那位律师。这人还穿着西装拎着皮包，气度却变得大大咧咧，见了杜湘东不再称呼"杜管教"，而是自来熟地打招呼："好久不见呀，老杜。"

杜湘东问："许文革让你来的？"

律师却不接这茬儿，转而撒娇似的抱怨起来："我先去了你们那个新单位，找你找不着，这才又奔了回来。这破地方不是早就说要拆了吗？怎么还没动工？你也真够老实的，开发区的管委会又不给你发工资，你替他们站什么岗呀。"

杜湘东又重复："是不是许文革让你来的？"

看到他僵着脸，律师便讳莫如深地笑了："那倒不是，不过也跟许文革有关。"

这么说着，律师回头瞥了奔驰车一眼，拉着杜湘东往墙根底下走去。而车上的司机也相当识趣，不仅关紧车门摇上车窗，还播放起了震耳欲聋的劲爆舞曲。这就让杜湘东摸不着头脑了，他跟随对方站住，又道："有什么事儿直说，甭跟这儿装神弄鬼。"

"那就明人不说暗话。"律师嘴上这么说，眼珠子却仍然四下滴溜乱转，好像怀疑围墙背后藏着个人似的，"听说前几年，您查过许文革？"

"早就停了。"

"有没有查到什么？"

"没发现纰漏。"

"究竟是没纰漏，还是有纰漏但您没发现？究竟是没发现，还是您发现了但却无法坐实？究竟是没坐实，还是坐实了又被人保下来了？这里面的区别大了。"

面对律师绕口令似的质疑，杜湘东更加生疑了："你到底什么意思？"

"您还没听明白？我也在查许文革。"

"你不是许文革的律师吗？"

"那是过去。"律师脸上再度绽放了职业化的微笑，"您也明白，干我们这行的跟你们警察可不一样。你们是国家机器，只有国家这么一个主子，我们呢，得随时随地各为其主。尤其像我这种按小时收费的，上一个小时和下一个小时的服务对象都有可能换人。以前是许文革雇了我，我得把他捞出来，现在是想查许文革的人雇了我，我又得琢磨着把他送进去——据我所知，这也是您一直想干的事儿。您不是动用过私人关系，从经侦和刑侦的渠道都调查过许文革吗？现在我想要的，就是您掌握的那些资料。"

听着对方的话，杜湘东面无表情，眼神却冷了。他引用了当初刑警同学给自己的答复："要真能查到什么，我们早动手了，也轮不到你。"

律师却仍锲而不舍："这您又不懂了。警察取证，都是从刑事的角度出发，民事方面的问题全都忽略不计，而同样的资料到了我们手里，只要操作合理，照样能让许文革吃官司……当然啦，让您白辛苦也不合适，既然我的工作是商业行为，那么也得遵守商业原则。您看这样行不行，那些资料算是您卖给我的，报价嘛……"

这么说时，律师的神色还是理直气壮的，甚而带着几分恩赐的意味。但正当他要说到自以为最关键、最有底气的那个环节时，杜湘东就让他闭了嘴。一只手挟着风声向律师逼近，眼看就要掐住他的喉咙了，但却随即一变，换成了一根手指顶在他的鼻子上。律师吓了一跳，往后退了两步，杜湘东便用手指"点"着那人，一字一顿道："刚才的话我要是录下来，进去的就是你了。"

说完，杜湘东把对方晾在原地，转身就走。脚步飞快，进了家属院，他才突然站定。这时他又想起了刘秋谷说过的那句话——敢情话里还有好多话。许文革得罪了什么人吗？还是他发财的同时挡了别人的财路？自从看守所搬迁，家属院的网线就被电信公司掐断了，因此这些日子里，杜湘东没再查阅过关于许文革的信息。而这天，他便把带篷三蹦子从楼道口里推了出来，突突乱响地开出几公里，终于找到一家没有营业执照的黑网吧。输入几个关键词，若干条新闻便以时间顺序罗列了出来。半年多前还尽是好消息，许文革的公司仍然生意兴隆，六机厂还新上了两条生产线；而这几个月来，就渐渐让人看不懂了，一边是厂子继续签合同接订单，另一边却是财经媒体爆出他资金链紧张、频繁受到"专项整顿"。最大的一条新闻，是厂里的工人也闹起了事，却不是针对厂方，而是冲击了区里的规划部门。因为影响恶劣，政府出动了防暴警察，最后许文革代表厂方做检讨、写保证，承诺此类事件绝不再发生。但至于工人为什么闹，新闻里又只字不提，只说大部分群众"情绪稳定"。

即使是一个生意场上的门外汉，杜湘东也能看出许文革的公司处于困境，甚至可以说是风雨飘摇。但了解了这个情况后，杜湘东便又开着带篷三蹦子突突乱响地回了家。刘芬芳还等着他熬腊八粥呢。他一度考虑过，要不要把律师找过自己的事儿透露给许文革，不过再一想，还是算了。许文革不是他的仇人，可也绝称不上他的朋友，习惯了与世隔绝之后，他最不想接触的人其实就是许文革。况且在许文革那个层面的纠纷与倾轧之中，他这个穷人、废物、看大门的老警察又能起到什么作用呢？掂清自己的分量吧。

然而杜湘东迎来的第三位访客，恰恰就是许文革。

当时已经是夏天了，滞留的日子即将结束。外面的人来过好几批，有政府的头头脑脑，有拆迁公司的，还有接手这块地皮的开发商。领导勉励杜湘东"再坚持一下"，而围墙上也的确写满了巨大的"拆"字。那么他也得计划着搬家了，杜湘东把零碎物件都装进了蛇皮袋，还到河北的家具市场订购了衣柜和餐桌。乔迁新居，怎么也得置办两样新东西。这天他又想起，登记处还扔着几个纸箱，正好可以收衣服，于是开了大门去取。

满头是灰地出来，迎面就碰上了一个人。杜湘东定睛看了两眼，这才反应过来是许文革。才几年工夫，许文革已经老得不成样子了，两眼深抠，颧骨突兀，一头短发几乎全是白的，如同大夏天落满了雪。相形之下，杜湘东反倒像个有钱人的模样了。为了给刘芬芳补身体，他没少变着花样给她弄吃的，刘芬芳吃不下只能自己吃，生生就把他塞圆了、塞鼓了。那沓纸壳子被他抱在怀里，又像摞在了他的肚子上。更让杜湘东诧异的，是许文革这次来，奔驰车也没跟着，铁门外停的是一辆蓝黄相间的出租车。

看到杜湘东愣着，许文革叫了一声："杜管教。"

杜湘东瘪了瘪嘴，蹦出一句："你来干吗？"

"跟您告个别。"

"要走？"

"要走。"

"什么时候？"

"今儿就动身。"

杜湘东手一松，纸壳子落到地上。他略微直起腰，继续望着许文革。许文革却走近几步，咧嘴笑了："您气色还行。"

"也老了……"杜湘东迟疑了一下又问，"去哪儿？"

许文革的眼睛往别处看看："还没定。"

"厂子不开了？"

"不开了。"

"出了点儿事？"

"连您都听说了？"

"具体也不清楚……你没犯法吧？"

"这您放心。"许文革又笑，流露出近乎嘲讽的神色，"我要犯了法，那些人还能允许我在外面待着？"

杜湘东接不上话，便又弯下腰去，重新把纸箱捡起来。许文革伸手替他分担了一些分量，俩人各捧着一沓破纸壳子，沿着看守所围墙边走边聊。略问几句，就知道了许文革洗手不干的原因。自从这片地方要建开发区，他就被人盯上了。那些人的来头之大，连许文革这个当事人都无法指名道姓地说出他们究竟是谁：刚开始以为是几个商人组成的私募基金，后来又听说有外资和国资的参与，再后来才发现是个什么领导的什么亲戚

214

在背后撑腰。对方找到许文革提出合作，并直言不讳地表示，他们对于工厂才没兴趣，六机厂那个国有企业的"壳儿"和地皮才是有价值的。利用这些资源，他们将会整合出一家地产公司，再打包上市，此后连一砖一瓦也不用，到股市里迅速圈钱走人。作为回报，许文革可以跟在人家屁股后面分一笔账，比例虽然不大，却是"他这个级别的买卖人"这辈子也未见得挣得出来的。

比起苦哈哈地卖零件修卡车，这种玩儿法几乎就像变魔术，但许文革没答应。原因也很简单：如果六机厂的地皮改变了使用性质，工厂就没法儿开下去了。而他想干的只不过是开工厂。在常人看来，许文革肯定算个聪明人，但在那些资本游戏的老手眼里，他就是个榆木脑袋了。谈了几次没谈拢，双方翻了脸，对方便又绕过许文革，去找六机厂的领导谈。一蹴而就，一拍即合。撇开桌子底下的"勾当"，就连能摊在明面儿的理由也是充足的：接着"做实业"，能盘活的无非是工人和厂房，只有炒地皮炒股票，靠近北京城区的地理优势才能无限放大。家有一口金锅，谁都不想拿它淘米做饭。这时对于"上面"而言，许文革就从救星变成了累赘，踢开他才是当务之急。于是厂方提出解约，又找出各种名目查许文革的账，那伙儿资本玩家也没闲着，雇了许文革原来的律师揭他的老底、抓他的把柄。而许文革也发了狠，发动工人去申诉请愿，保卫饭碗。一不小心把事情闹大了，又有上级机关介入调停，最后裁决：许文革还是得卷铺盖走人，但可以得到相应补偿；工人还是得二次下岗，但厂子上市之后可以享受分红。

处置稳妥，公平合理，许文革相当于被强制套了现。此后的日子，他都在忙于善后事宜：给南方的股东交割结账，又给刘秋谷和常年跟着自己的那些手下每人分了笔钱。厂子就这么没了，钱上却没吃亏，该庆幸还是该愤恨？但令杜湘东感到意外，在讲述的过程中，许文革的口气是漠然的、轻率的，仿佛他是一个事不关己的局外人。俩人缓缓走进家属院，把纸箱放在带篷三蹦子的后座上，许文革拍拍手，望着筒子楼："这儿也快拆了？"

"快了。"杜湘东顿了顿又说，"我老婆身体不好，就不请你上去坐了。"

"杜管教……"

"叫我杜湘东吧。"

"杜湘东。"许文革喉头跳了两跳，第一次称呼了杜湘东的全名，"临走前就想见你一面，见着了，心里也就踏实了。"

说完，他对杜湘东似笑非笑，随后默默离开。杜湘东看着那副空荡漏风的背影，心想，这是最后一次见到许文革了吧。这样也好。他上了楼，照常做饭，服侍刘芬芳吃了，外面的天就慢慢黑了下来。但也不知道从什么时候开始，他的心里就不安宁了，既躁得慌，又空得慌，好像被什么事儿扯着。同时，他还感到了憋闷，胸膛像压着一块铅。那种感觉曾经一度淡了下去，却在这时卷土重来。忽然动了个念头，杜湘东就从桌前跳起来，火急火燎地冲下楼去，在带篷三蹦子的后座上翻找着。许文革替他拿过的那一摞纸壳子里，果然滑出了一张存折，密码写在背面，还是姚斌彬的生日。翻开一看，上面的数字把他吓得一哆嗦：那么多的零，随便数错了一个两个，都是令人魂飞魄散的差距。

刹那之间，杜湘东明白了许文革的用意。他的眼前又浮现出了许文革告别时的似笑非笑——姚斌彬也曾这样笑过，俩人的脸重合在了一起，让杜湘东对自己的猜测更加确凿。他冒了一头一脖子的汗，身上的警服都湿透了。他的腿也在发软，必须撑着带篷三蹦子的那层铁皮，才不至于一屁股坐到地上去。但他总算喘了几口长气，告诉自己：杜湘东，你得冷静，你也不是个没经过事儿的人。

因为没手机，他先跑向办公室去找到电话。110吗？我报案。有人要自杀。他叫许文革，人现在不知道在哪儿，也没跟我说过不想活了，但我确定他要自杀。我没开玩笑，我也是警察，你们最好……喂，喂，我去你妈的。他摔了听筒又抓起来，随即拨通的是刑警支队长的号码。同学总算没像声讯台那样怀疑他在恶作剧，但也问："你有证据吗？这种事儿可不能凭感觉。"

"有证据，他给我钱了。"

"他以前不也给过你钱吗？"

"这次多……总之你们得赶紧出动，同时去六机厂、许文革的住处还有他城里的公司办事处……就算我求你帮个忙还不行吗？"

"杜湘东，你这些年整出的这么多幺蛾子，我哪次没帮过你的忙？但现在我想帮你也没空——你知道今天是什么日子吗？"

同学说着苦笑一声，似乎把手机举到了高处。听筒里便传出了车声、音乐声和鼎沸的人声。杜湘东反应过来，就在今天，此时此刻，奥运会即将开幕。真不知许文革是有心还是无意，偏偏挑了这么一个普天同庆的时候去死。那么同学此时正在执行的，大概是某个场馆的安保任务——也许就在举世瞩目的"鸟巢"。这不仅是北京的重要时刻，也是全国全世界的重要时刻，一点纰漏也不能出的。杜湘东只能靠自己了。

他跑回家属院，开上带篷三蹦子，在闷热的夏夜里狂奔起来。许文革会去哪儿？在这片遍布工地的郊区，适合送命的地方太多了。许文革会不会已经死了？他为耽误了那么久才发现许文革的用意而后悔，可见自己真是老了、迟钝了。风声浩大地从头顶掠过，眼前的柏油马路却仿佛是凝滞的，这让杜湘东想到了多年之前追击姚斌彬的那个下午。不知过了多久，那栋城乡接合部的四层小楼出现在了车灯劈出的亮处。四下漆黑一片，大概是为了奥运会，北京周边的外来人口都被暂时清理回家了，又或者为了建设开发区，那些一盘散沙的小本生意全被强行关了张。但小楼里却依稀有一丝灯光，外面的门也敞着。杜湘东跳下车，冲进楼里，狼嚎一般喊道：

"许文革，你给我出来。

"许文革，你可别死。"

走廊和房间里四处回声，喊了几句，他才意识到自己的举动真是蠢透了。一个寻死的人，哪会别人一叫就不死了？没准儿还会死得更着急了。然而他的喧闹却从楼梯拐角引出一个胖大的秃子，小背心下露出的皮肤上布满文身。这人一手打着手电，一手拎根铁棍，打雷一般暴喝："你他妈才想死呢。"但等看清杜湘东身上的警服，立刻扔了棍子开始揉肚皮："您瞧您，吓得我肝儿直颤。"

"你揉的那是胃。"杜湘东从他手里夺过手电，四下照着，"这儿就你一人？"

"对呀，我是房主。"

"以前的租客呢？"

"早走了。"

"你确定？"

"我都在这儿守了半个多月了，就防着那帮拆迁的。"秃子重新打量了一眼杜湘东，"这位警官，您不会跟他们是一伙儿的吧？要是那样我也只能跟您拼了。"

杜湘东将手电掖进后腰，也不顾秃子的狐疑和抱怨，出门开车就走。沿着土路拐上国道再走不远，就是六机厂，此时杜湘东只希望许文革在那里。如果再找不着，那就真是大海捞针了。当路从窄变宽再从宽变窄时，工厂的轮廓在夜幕里显现了出来，看起来却和以前不同——那栋苏联样式的主楼凭空不见了踪影。似乎是为了宣誓胜利，工厂的新主人在整体动工之前，先行拆除了这里的标志性建筑。但这个决定也造成了厂区的管理混乱，当杜湘东撞开半掩的铁门呼啸而过时，传达室里的保安几乎没反应过来。再往里开，就见以前的办公区外竖着铁皮围挡，附近还集结着若干奇形怪状的工程车辆。因为奥运会，昼夜奋战不休的拆迁队终于得到了休息，他们还在空地上支了台小电视，围坐成一圈儿观看开幕式。各国运动员已经入场，屏幕上充斥着花花绿绿的热带服装。当工人们听到突突乱响的车声时，扭头便看到了另一幅奇异的景象：一个警察驾驶着一辆带篷三蹦子，以近乎漂移的速度和曲线呼啸而过，他的头发被风往侧后方拉扯着，脑袋像颗斜飞的彗星。

而此时，杜湘东的眼前一片澄明。如果许文革要死，他会选择怎样一个死法？如果杜湘东就是许文革，他又最愿意到哪儿去死、最应该到哪儿去死？如同冥冥之中被人点醒，这个问题突然有了答案。那么现在需要考验的，就变成了他是否像他自以为的那样了解许文革，或者说，许文革是否愿意给自己的那条命赋予最后的意义。杜湘东心里充满了不可思议的笃定，他也知道他的自信来源于孤注一掷的赌博。

他开车冲进了工厂车间所在的区域。这里总算还没拆掉，一栋一栋灰盒子沉默地耸立着。夜更黑了，在一个拐弯处，带篷三蹦子轧上了马路牙子，把前座的杜湘东甩了出去，车也歪歪斜斜地倒在了路边，一个轮子掉了。顾不得身上受没受伤，杜湘东咬牙爬起来，继续奔跑。他的目的地是厂区边缘的那排平房。

空地对面，低矮的门窗如同一列熄了灯的夜行火车。距离越近，杜湘东便闻到了越浓郁的汽油味儿。那味道正是从停放着皇冠轿车的屋里渗出来的。他跑到简易车库门口，看见卷闸门的下方没有上锁，但使出吃奶的劲儿也无法把它拉上去。果不其然，门从里面锁上了。杜湘东脱下警服上衣裹住右手，一个冲拳击碎了玻璃窗。汽油的味道扑面而来，发动机的声音也破窗而出。杜湘东从里面打开窗户，屏住呼吸跳了进去，开灯，找到正门的螺栓再把门拉开，这才回头，在车里看见了许文革。

许文革端坐在前座上，身体后仰，模样就像一个疲惫的司机正在打盹。而当杜湘东拉开车门时，他便侧倾着滑了下来，头靠进杜湘东怀里。这种状态下的人自然是脸孔煞白、嘴唇乌黑，而对杜湘东来说，这个晚上最揪心的时刻才刚刚到来——他半蹲在地上，托着许文革的头，哆哆嗦嗦地伸出手去，探了探鼻息。有气儿。当一股微弱得几乎无法察觉的温热从指尖传上来时，杜湘东浑身战栗，随之猛喘几口气，又被呛得天昏地暗地咳嗽起来。

于是，暗夜里出现了这样一幕：杜湘东背着许文革，在厂区空旷的干道上磕绊前行。他很想走快点儿，更想甩开两腿奔跑起来，但浑身剧痛让他连站立都很困难。毕竟是这把年岁的人了。然而这个老警察心里却涌动着悲怆的豪情。他从来就不甘心当管教，一直想做个刑警，但直到今天才破获了有生以来的第一桩案件——不是为了抓人，而是为了救人，救的还是他曾经最想抓住的那个人。

颠簸之中，许文革渐渐恢复了意识。这人的命也真够硬的。杜湘东觉得耳边有人吹气，刚开始还以为是许文革的喘息，进而才听见是许文革在对他讲话。

许文革说："杜湘东，你何必呢？"

杜湘东反问："你又何必呢？"

许文革气若游丝，语调却是蛮横的："命是我的。"

杜湘东用更加蛮横的语调回答他："许文革，你他妈的说错了。"

他不管许文革是否在听，自顾自滔滔不绝地讲述起来。那些往事在他心里压了将近二十年，如今终于到了可以说出来，也必须说出来的时候。他甚至比刚才更加庆幸许文革还活着，因此他获得了亮出底牌的机会。杜湘东的讲述与许文革的讲述合并在一起，组成了一个完整的故事，姚斌彬的故事。

姚斌彬早就成了残废，并且他知道自己的右手无法治愈。当年法医对杜湘东陈述伤情时，他就坐在隔壁的办公室里，听得一清二楚。一个废人跑出去也是累赘，因此在越狱发生的那一刻，他决定用自己来掩护许文革。也正是出于这个想法，姚斌彬临走前抢了那把枪。枪放在他手里也没用，但他知道，假如两个人只能追一个的话，杜湘东也好，其他警察也好，都肯定会追那个带枪的。姚斌彬把逃走的机会让给了许文革，他要让许文

221

革替他伺候崔丽珍，替他学技术、做生意、开工厂……替他完成他想干而干不成的所有事。姚斌彬把什么都算透了，因此他死了，许文革却替他活着。如果不是被捕之时、临死之前那个似笑非笑的表情，杜湘东也许永远都想不通一个右手残废的人为什么非要抢一把枪，也不会相信真有人会把自己的一条命托付给了别人。

四周充满了雷鸣般的寂静，不仅是脚步声，就连许文革的呼吸声似乎都在杜湘东的耳边消失了。而杜湘东还在怀疑许文革是否听懂了他的意思。他又说："你这条命不是你自己的，是向姚斌彬借的。借了人家的东西，就得替人家保管好了。"

他还说："许文革，你连死也不配，你活着吧。"

这时他的脖子后面一热，接着又是一热。那是许文革的眼泪。这男人的身体在他背上抽搐，嗓子深处呜咽着，但却连放声一哭的力气都没有了。但杜湘东又感到对方垂在自己胸前的两条胳膊蜷了起来，软塌塌地环绕着自己的肩膀，像溺水的人搂住了救命的树干。

那条漆黑的路也被他们走到了头。前方就是临时工地，人们还在电视前聊天、抽烟、喝啤酒。杜湘东驮着许文革，朝那光亮处挪了过去，想叫一声，却再也发不出声响，好像已经把这辈子的话都说完了似的。直到离那些工人的背影只剩下几步距离时，他才轰然而倒。天旋地转之中，杜湘东看见了受到惊吓又一拥而上的工人，也看见那台电视机正在自己头顶不远的地方闪着光亮。电视里放着焰火，苍穹布满光彩。

男人战斗，然后失败，但他们所为之战斗过的东西，却会在时间之河的某个角落里恍然再现。在那一刻，杜湘东觉得全世界都在为他庆功。他还觉得不只许文革，就连自己的这条命也是借来的，向姚斌彬借，向许文革借，向刘芬芳借，向警察老徐和崔丽珍借，向这世上的所有人借。这么一想，那伴随了他多年的憋闷也在此时一扫而空。

（全文完）

读客文化

《生死疲劳》

莫言 著

不看不知道，莫言真幽默！
在极度痛苦时笑出声来，获得内心深处的解脱。

莫言

生死疲劳

不看不知道，莫言真幽默！
在极度痛苦时笑出声来，获得内心深处的解脱。

莫言

著

不看不知道，莫言真幽默！
在极度痛苦时笑出声来，获得内心深处的解脱。
莫言：诺奖的评委主要是因为读完了《生死疲劳》，
才把这个奖项授给了我。
不管生活有多苦闷，翻开本书都会笑出声来。

打开天猫
扫码购买

读客文化

《北漂往事》
徐则臣短篇小说集

徐则臣 著

我曾无数次想离开北京，却舍不得还在为梦想燃烧的自己！

我曾无数次想离开北京，
却舍不得还在为梦想燃烧的自己！

翻开本书，曾让我北漂的理由至今仍是我的追求！

打开天猫
扫码购买

激发个人成长

多年以来，千千万万有经验的读者，都会定期查看熊猫君家的最新书目，挑选满足自己成长需求的新书。

读客图书以"激发个人成长"为使命，在以下三个方面为您精选优质图书：

1. 精神成长

熊猫君家精彩绝伦的小说文库和人文类图书，帮助你成为永远充满梦想、勇气和爱的人！

2. 知识结构成长

熊猫君家的历史类、社科类图书，帮助你了解从宇宙诞生、文明演变直至今日世界之形成的方方面面。

3. 工作技能成长

熊猫君家的经管类、家教类图书，指引你更好地工作、更有效率地生活，减少人生中的烦恼。

每一本读客图书都轻松好读，精彩绝伦，充满无穷阅读乐趣！

认准读客熊猫

读客所有图书，在书脊、腰封、封底和前后勒口
都有"读客熊猫"标志。

两步帮你快速找到读客图书

1. 找读客熊猫

2. 找黑白格子

马上扫二维码，关注"熊猫君"

和千万读者一起成长吧！